RELATO DE CORPOS SUTIS

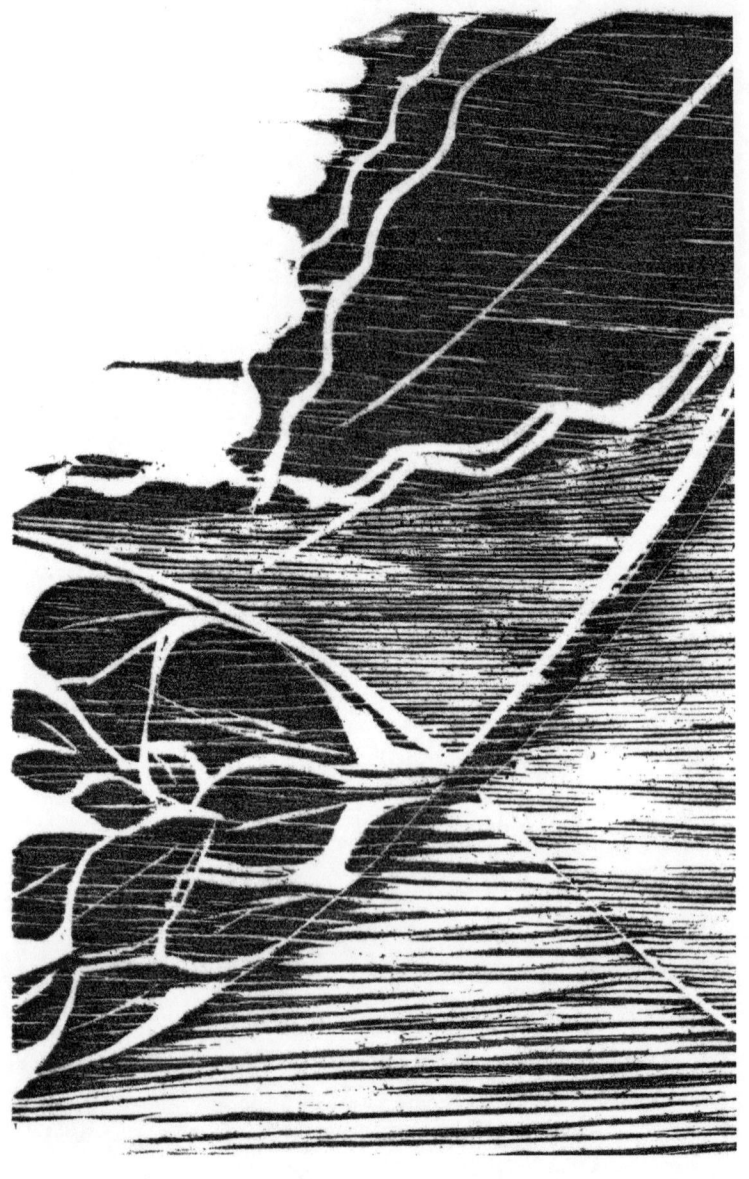

RELATO
DE CORPOS
SUTIS

Miriam Portela

Gravuras / Maria Bonomi

1ª edição, 2019 / São Paulo

LARANJA ● ORIGINAL

Sumário

Apresentação 10

[Nota da autora] 17

Livro Primeiro
VISITAÇÕES
  A invasão 23
  Joana 27

Livro Segundo
OS CORPOS SUTIS
  Campo de morangos 35
  Sob as estrelas 37
  Gênese 39
  Breves voos 41
  A caminho do mar 43
  A cega 46
  Chá da tarde 47

A compaixão 49

Na estação 51

A tempestade 53

A dama de Júpiter 55

Madalena 58

A lenda 60

Sara 62

O retrato 64

No espelho 66

Revolução solar 68

Devoção 70

Cartomante 72

A rainha dos ventos 74

A tapeçaria 76

Os ovos de aranha 78

Em família 80

A escritora 82

Núpcias 84

Bodas de prata 86

Maresia 89

Súplica 91

Cadeira de balanço 93

Sobre a delicadeza 95

O assaltante 97

A confissão 99

Acalanto 101

Tatuagem 103

Tempos ígneos 105
Romãs 107
Sarça ardente 109
Astrolábio 111
Paris, 1897 113
A herança 115
Papel de parede 118
O poema 120
Terra 122
Últimos preparativos 124
Cartas de amor 126
Caminho de volta 129
A testemunha 131
Afagos 133
Brincadeiras 135
Fomes ancestrais 137
Lanternas 139
Cumplicidade 140
Post scriptum 142
Desexistência 145
Réquiem 147
Ir-se 148

Apresentação / Jussara Bittencourt de Sá

Ler um livro e colocar as impressões primeiras sobre ele é sempre um prazer e um desafio.

O prazer por sentir a arte literária transcorrer em nosso olhar. A arte é vida, *anima*. O desafio pela busca de sua essência, tentando colocá-la em algumas palavras.

Assim, movida pelo prazer e pelo desafio é que procuro apresentar algumas linhas sobre o livro *Relato de corpos sutis*, de Miriam Portela.

A autora catarinense, Miriam Portela, já com vasto acervo de obras publicadas e reconhecidas, provoca nossa imaginação em *Relato de corpos sutis*.

A obra convida o leitor a emigrar e adentrar num espaço/tempo especial, ímpar. Nela, alinhadas às tramas tecidas, as palavras nos colocam em sintonia com tempos, com universos distintos.

De imediato, o título atenta-nos ao revisitar muitos sentimentos, até mesmo os adormecidos. E se a literatura define "corpos sutis" como resultado de uma composição: corpo físico, duplo etérico, astral, emocional, mental inferior, mental superior, causal, búdico, atmico e morontial, podemos observar que Miriam Portela sinaliza-os e vai além de tais concepções, permeando-se por indagações, essência e existência.

A obra é formada por dois livros. O primeiro intitulado *Visitações* e o segundo denominado *Corpos Sutis*, entrelaçando 56 contos. Ao passear pelas páginas, vamos percebendo como o desenho de *Relato de corpos sutis* toma forma por meio da primeira voz narrativa já em sua apresentação. Nesta é nos sinalizado que as histórias viriam de manuscritos legados pela mãe. Poderiam ser os refúgios de horas ensimesmadas... ou de refúgio à dor... fica a dúvida...

Ao longo do texto, constatamos que, de maneira especial, *Relato de corpos sutis* é costurado por narrativas que independentes se entrelaçam. Verossimilhança e a inverossimilhança são possiblidades por elas instauradas.

O primeiro livro, *Visitações*, apresenta dois contos preambulares. Nestes as linhas de sua prosa aparecem delicadamente introduzidas pelo movimento do voo e do pouso de uma borboleta. É interessante neles avaliar ainda como a autora pontua a transfiguração da alma desnuda, sem corpo. Livre.

O segundo livro denominado de *Corpos sutis* tem suas narrativas conversando livremente. O tom vermelho dos campos e a translucidez onírica matizam esse segundo momento. O olhar e a voz feminina substanciam os contos, costurando-os com delicadeza, sejam pelos "Breves voos", pelos "A caminho do mar" ou até mesmo pela "Tempestade" e pela "Revolução Solar". São 56 contos em costura alquímica. Iluminada. Soltos, leves, desestabilizando concretude de certezas formadas, conformadas.

Miriam Portela, em mais um livro, prova e comprova sua percepção e capacidade de, pela palavra, em prosa lírica, sintonizar e libertar as suas e as nossas emoções.

Relatos de corpos sutis instiga-nos, desafia-nos...

Boa leitura!

---

* Jussara Bittencourt de Sá é doutora em Literatura/Letras, pela Universidade Federal de Santa Catarina, e professora titular da Universidade do Sul de Santa Catarina.

Para Farida Issa,
que me devolveu à literatura.

Agradecimento
Quero agradecer à maravilhosa artista plástica Maria Bonomi
por ter aceito o convite e criado, exclusivamente para estes relatos,
três gravuras que traduzem a sua leitura das histórias.

*Preciso dormir, totalmente dormir, me emigrar
desse corpo cheio de esperas e sofrências.*

Mia Couto, *Terra sonâmbula*

Recebi esses manuscritos logo após a morte de minha mãe. Estavam endereçados a mim. Algumas histórias apresentavam anotações nas margens, datas, comentários que tentei decifrar, mas nem sempre pude entender o significado que ela lhes dera. Reconheci neles sua voz. Lembro-me do período em que se recolhera no quarto, passando as tardes reclusa. Ela se irritava cada vez que a interrompíamos. Mais tarde, quando foi transferida para o hospital, tornou-se ainda mais silenciosa. Não respondia às perguntas. Desconfiávamos dos encontros com seres imaginários. Atribuíamos as visões aos medicamentos. Só após a morte é que soubemos da existência do diário, escrito nos últimos meses. Lá, ela nos fala dos sonhos, delírios, vivências, histórias dos corpos sutis.

Teriam existido? Tinham-na ajudado a enfrentar a dor? Vi suas impressões em cada página. Aos poucos, acreditei na sua existência. Eles me ajudaram a suportar a angústia, a aceitar a ausência.

Livro Primeiro

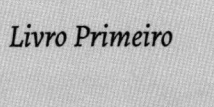

Visitações

A INVASÃO

A borboleta pousou na toalha xadrez. Teria se equivocado? Confundira as cores e os elementos? Se eu esticasse os dedos, poderia tocá-la. Só agora me dava conta de que minha presença não mais atemorizava os insetos e os pássaros. Já podíamos dividir a intimidade, sem reservas. A conquista de mais essa liberdade me fez sorrir. Seria a transparência da pele que me garantia o direito tardio?

A morte já não me intimidava. Eu já a temera, agora ela se revelava terna, quase desejável.

Há meses venho organizando minhas memórias para que não se percam quando eu não for mais presente.

Os minutos mergulham numa estranha elasticidade, e, pela primeira vez na vida, estou consciente da minha finitude. Todas as tardes eu me recolho. Penetro na solidão das sombras.

Nos primeiros dias, eram vozes distantes, ruídos, móveis sendo arrastados. Eu me mantive alheia. Eles se impuseram.

Agora, assim que o sol se põe, aproximam-se. Alguns são tímidos e silenciosos, outros, sem cerimônia, fumam e bebem na minha presença. Percorrem o quarto com os olhos vagos, e há os que rasgam o silêncio com seus lamentos.

Eu não lhes dei permissão para povoarem minhas tardes, nem eles me pediram licença para me invadir. Assim nos respeitamos.

Acostumei-me aos trajes bizarros, hábitos antigos, modos nem sempre gentis. Eles aprenderam a acalentar meu silêncio. Quando me veem de olhos fechados e percebem que sinto dor, se afastam na ponta dos pés.

Levei dias para perceber a mulher sentada à beira da cama. Havia nela um rancor que não se dissipava. Trazia no rosto a rudeza que o tempo construíra. Olhei-a longamente. Ela me evitava. Ali permaneceu por algumas tardes, até que não voltou mais. Senti sua falta. Eu não lhe inspirara confiança, por isso partira. Doeu-me a impossibilidade de me fazer amar. Fiquei sem conhecer sua história.

As horas se esgarçam, e eu sinto a urgência que me trazem. Eles se tornam visíveis para se perpetuarem.

Um dia lhes perguntei:

– Por que escolheram a mim?

– Você estava disponível – responderam-me.

Tento honrar a escolha.

Enquanto a morte tarda, eu os recebo. Trancamos a porta e jogamos com o tempo. Reúno forças para as vivências que me trazem. Recolhem na memória imagens cheias de vida. Brincamos com os tênues fios que nos sustentam reinventando momentos.

Nem sempre consigo acompanhar os relatos. Então eles me

corrigem, exigem fidelidade ao passado. Caminhamos juntos usando a energia que já me falta.

Meus dedos tremem sobre a folha em branco.

Numa das tardes, cercada pelos corpos sutis, eu a vi. Enquanto minha memória se dilui como gotas de orvalho, disse-me:

– Não me reconheces?

– Sim – respondi sem convicção.

– Quero que perpetues as paixões que vivi.

– Senta-te ao meu lado e conta-me – disse eu tomando-lhe as mãos.

– Como te contar o que tu mesma viveste? Por acaso não vês o que está impresso em teu próprio coração? Acreditas que a morte te roube o passado?

Olhei para o perfil, ainda em formação, daquela que no futuro seria eu e exclamei:

– Espera um pouco mais. Ainda é cedo para rever o que custei tanto para esquecer.

– Acreditas que sairás ilesa? Que eu não te cobrarei a permanência em algumas páginas?

– É fácil escrever sobre eles...

– Não é preciso que te exponhas. Confunde-te com os outros e assim também serás salva do esquecimento.

Passei a vê-la como uma ameaça. Admirava a pele lisa, o brilho dos cabelos, o contorno suave dos lábios ainda sem marcas de expressão. Olhava-a, buscando-me. Ela já ensaiava a convivência com os corpos sutis.

Reuni em um diário os depoimentos colhidos. Misturei

relatos e devolvi anonimato às histórias.

O rigor dos primeiros depoimentos deu lugar a uma lúdica promiscuidade. De tanto confundir lembranças, nos divertíamos tentando adivinhar o que, na verdade, pertencia a cada um. O futuro estava gravado nas paredes do quarto, no silêncio das noites sem visitantes.

Uma tarde perdi os sentidos. Encontraram-me deitada sobre as anotações. Desde então, recolheram as chaves para que eu não me trancasse mais.

Meu estado de saúde se agravou. Foram proibidas as visitas. Fui removida para um quarto verde, onde dias e noites se entrelaçavam. A luz permanentemente acesa afugentava os sonhos e os visitantes.

Entre o despertar e o torpor da morfina, eu a vi. A claridade da porta ocultava o rosto e um halo luminoso acompanhava o corpo. A presença inundou o quarto vazio. Sem resistência perguntei-lhe:

– És tu, Morte? Não te sabia tão resplandecente.

Ela se aproximou da cama, tomou minha mão descarnada e a beijou.

Usava uma armadura prateada, e nos braços descansava um estandarte com uma flâmula branca.

– Não sou a morte, sou Joana. Vim porque me chamaste. Também a mim, as vozes torturaram. Quero contar-te minha história.

Embalada pela voz, deitei minha cabeça em seu colo e, pela primeira vez depois de tantos meses, entreguei-me ao silêncio.

JOANA

– Insensatos! – exclamaram as vozes, enquanto as chamas devoravam meu corpo.

Um clarão subiu aos céus, e uma chuva de cinzas cobriu os telhados da aldeia. Um cheiro desagradável de carne queimada penetrou nas narinas, incomodando a todos.

– Insensatos! – sussurrei, antes que a fumaça nublasse meus olhos e a dor me consumisse.

Em poucos segundos revivi minha curta vida.

Revi a cabana tosca onde nascera. Abracei, mais uma vez, meus pais na noite em que os abandonara para seguir as vozes. Visitei o pomar onde brincara na infância e mergulhei os pés no córrego. Senti as águas geladas lavando minha pele febril. Com espanto, olhei meu corpo. Um corpo que eu negara para cumprir a missão.

Vi-me mais jovem, desafiando a solidão dos campos e a violência dos guerreiros, protegida apenas pelas vozes.

Como explicar aos homens que eu não as carregava dentro de mim, que não eram fruto da minha loucura? Como explicar ao mundo que elas me cobriam com seu hálito doce e me guiavam? Sim, eram elas que me defendiam dos exércitos inimigos e se colocavam entre a armadura e as flechas assassinas. Tentei explicar, mas ninguém me ouviu.

Eu, a virgem de Orleans, tive que aprender a linguagem dos nobres e poderosos, mesmo assim não confiaram em mim. Vi-me, outra vez, caminhando entre os mortos nos campos de batalha, enquanto elas consolavam os feridos. Voltei aos tribunais em que fora condenada. Visitei os calabouços onde estivera presa e despedi-me dos soldados com os quais combatera.

Nunca estive só. As vozes enchiam minha boca de verdades e de promessas. Revelavam o futuro, e o futuro acontecia. Mostravam-me a alma dos homens e lamentavam que nelas não houvesse a inocência que havia na minha. Eu, Joana, obedecia, mas minha obediência os incomodava. Aprendi a servir e, por servir às vozes, ao rei, à França, fui condenada. Era só uma serva de Deus que morria.

Quando ataram meus pés e amarraram minhas mãos, elas entoavam doces cantigas. Prometeram-me uma paz duradoura. Ainda uma vez acreditei nelas. As vozes nunca me mentiram.

Adormeci ouvindo Joana descrever seu sacrifício. Passaram-se horas, dias, semanas, não sei. Perdi-me no tempo. Ao despertar, perguntei à enfermeira se tinha visto a mulher de armadura que me visitara. Ela sorriu tristemente.

Há intervalos na dor. Os medicamentos me deixam num estado de embriaguez. Misturo sonhos e fatos cotidianos. Tudo acontece na doce irrealidade. Aproveito o resto de lucidez para organizar os manuscritos. Separei-os segundo a lógica insensata que a consciência me oferece. Escrevi um bilhete à minha filha, pedindo-lhe que encaminhasse os textos ao meu editor. Não tive tempo de corrigi-los.

Uma súbita serenidade tomou conta de minha alma. O corpo, anestesiado por tantos medicamentos, já não reage à dor. Presencio resignada a exaustão dos músculos e não exijo de meus órgãos nenhuma tarefa que os possa enfraquecer mais ainda. Permaneço em repouso permanente. Respiro devagar, como quem sorve delicados goles da vida.

Minhas pálpebras cerradas me trazem o conforto da ausência de imagens refletidas. Hoje, posso ver, de olhos fechados, só o que eu desejo rever.

Ouço vozes e soluços entrecortados por silêncios. Quando o excesso de repouso me entedia, volto ao mundo dos vivos, só para certificar-me de que ainda o habito.

O alívio trazido pela ausência da dor me redime e me alegra. Será a euforia produzida pela morfina que corre por minhas veias cada vez em doses maiores? Depois de meses infindáveis, sujeita à agudeza das dores, viver a anestesia de todas as reações é reconfortante. É como se eu não mais carregasse um fardo pesado demais para a minha idade.

Através do véu dos olhos vejo minha pele se desfazendo. Tão fina, coberta de hematomas desenhados pelas tentativas frustradas dos enfermeiros em busca das veias. Recuso-me a abrir os olhos para rever meu rosto, sulcado pelo sofrimento e pela doença. Imagino que rugas profundas marquem minha expressão. Adivinho a palidez que se apoderou de minhas faces. Chego a me divertir com a possibilidade de susto que minha presença causa nos outros. Eu que tanto me rendi à beleza e à estética, reduzida a tão pouco peso, folha amassada pela crueldade do tempo. Não posso tocar no que sobra de mim, não me restam forças. Mas imagino, através das pálpebras cerradas, o processo do meu encolhimento. Apesar da inércia que me domina, me deixo embalar pela serenidade. Minha alma, solta das amarras que a prendiam, voa livre pela janela aberta. A altitude me causa vertigens e realizo voos rasantes, distanciando-me das multidões. Sobrevoo a cidade agitada e exercito minhas tenras asas, acariciadas pelos ventos da primavera. Que importância tem minha velha roupa agora que eu voo nua, atravessando os campos sem timidez? Estou pronta para morrer.

Livro Segundo

Os corpos sutis

CAMPO DE MORANGOS

Nas primeiras horas da manhã, ela invadia os campos vermelhos e os cobria com seu vulto azul, até o anoitecer.

Olhada de longe, parecia uma mancha. Uma minúscula mancha na plantação de morangos. Os pés descalços tingiam-se nas frutas pisadas. Ela corria como se um exército de fadas a perseguisse.

Havia momentos em que flutuava. Eu acompanhava o voo de seus braços ondulando-se a poucos centímetros do chão. Podia ver o risco azul rasgando a linha do horizonte, como um pássaro.

Durante todo o verão, observara aquela sombra varrendo minhas manhãs. Ela se projetava nos objetos do quarto. A presença translúcida cortava o desenho medíocre do vaso. Inúmeras vezes, eu a surpreendi presa no liso da porcelana que havia sido jarra. Também a encontrei dormindo no branco da cortina xadrez que escondia os vãos da minha janela. Tentei aprisioná-la nos poucos objetos que possuía, sem conseguir.

Um dia eu a segui. Longa vigília me esperava. À noite, sombras e espíritos me invadiram. A rigidez roubou-me os gestos. Todo o meu corpo se fez prisioneiro.

Eu quis correr, quis gritar, não podia. Uma lassidão me possuiu, e eu me rendi. Minhas pálpebras ardiam como se flocos de gelo as tocassem. Ainda uma vez pude ver seu corpo brilhando.

Ela rodava no campo vermelho como um girassol. Os braços desenhavam círculos no ar. Ela rodou, rodou, rodou, até ser engolida na luz. Estendi as mãos para detê-la. Em vão.

Quando acordei, uma camada de musgo vestia meu corpo e um galho de amoras silvestres nascia em meus dedos. Com a fome que antecede os sonhos, eu as mordi, tingindo de roxo meus lábios.

O sol se fora, e, sobre os campos nus, minúsculos cristais traduziam o brilho das estrelas.

O universo inerte aguardava o retorno dos ventos. Ela roubara do mundo o movimento.

SOB AS ESTRELAS

Os olhos oblíquos eram dourados como folhas das amendoeiras em fim de estação. No rosto anguloso trazia o mapa das estepes, a marca dos frutos e das colheitas. Ela tinha na pele o brilho tímido de outono.

Ao falar, lendas e mitos fugiam de sua boca e corriam livres pela voz. Ela carregava em si a eternidade da raça.

Sentados ao redor do fogo, os anciãos teciam com fagulhas que saltavam das chamas. Os dedos curtos eram ágeis sob os clarões. Rostos morenos que ardiam entre os arbustos eram tochas. Uma estranha desarmonia comandava os gestos. Eles teciam o manto que a cobriria na noite da celebração.

Quando as luas se perdessem, ela os guiaria com sua capa luminosa, dentro da escuridão. Iluminaria matas, rios, cidadelas sombrias.

Os homens miúdos sabiam que, terminada a tarefa, eles seriam sacrificados. E na próxima colheita, após o período das chuvas, outros velhos se sentariam em volta das fogueiras para tecer um novo manto. Sempre havia sido assim.

Ela acompanhava o desaparecimento dos dias e das noites dentro da floresta. Há séculos assistia à dança dos dedos retorcidos dos homens velhos no meio das chamas.

Há muitas gerações seguia o povo, ensinando as sementes a romperem a terra e os trigais a cobrirem os campos.

Sabia da chegada das tempestades de areia e conhecia o grito dos frutos no corpo das árvores. Adivinhava nascimentos.

Quando criança os vira chegar montados em mulas, depois de atravessar o hemisfério. Vira-os adorar o fogo, queimar o barro e erguer as tendas. Era ela quem soprava as cinzas dos sacrifícios e os condenava ao sono. Nas linhas das mãos escrevera a história do povo pequeno.

O cansaço rondava os braços. A solidão da aldeia a possuía. Com calma, recolheu as folhas, reuniu seixos, gravetos e desenhou um grande círculo no chão. Quando os pequenos homens ergueram os olhos, viram um clarão que subia em direção às nuvens, em forma de estrela.

GÊNESE

O sol entrou no sétimo signo do Zodíaco, marcando o meio do ano astrológico, e o outono derramou sobre o hemisfério as sombras. As noites fizeram-se longas, e o silêncio, trazido dos desertos, instalou-se em todas as bocas.

Sábios recolheram as lunetas, enrolando os anéis nas longas barbas, e respeitaram o tempo de repouso. Magos abandonaram as ampulhetas e retiraram o resto de óleo das lamparinas para descansar em paz. A névoa envolveu as almas.

Naquele instante, ela começou a diminuir.

Todos os dias alguns centímetros lhe eram roubados. No início, discreta era a diferença. Os dedos encolhiam-se numa doçura imperceptível. Com o tempo, os pés sobravam nas sandálias, as mangas foram encurtadas. Havia harmonia no encolhimento.

Já no fim da estação, cada dia era recebido com temor. Ela exibia envergonhada os sapatos infantis. Um chapéu de palha escondia os cabelos ralos e disfarçava a minúscula circunferência do crânio. Os móveis tornaram-se incômodos obstáculos, e as plantas, sombras ameaçadoras. O mundo inteiro agigantou-se à sua volta.

Criara artifícios para sobreviver: laços, ganchos, nós e rodas transformaram-se em prolongamentos de seus membros.

Quando a lua atravessava a décima casa e nos céus cintilava a constelação de Aquarius, ela deixou de ocupar espaço. Equilibrava-se na palma das mãos das pessoas. A voz virou sussurro entre os dedos, e os gestos faziam cócegas nos montes e linhas. Passou a viver num vidro, com medo de ser esmagada. O pouco ar que entrava pela boca do vidro provocava-lhe tonturas e resfriados. Improvisou uma rolha e se fechou.

BREVES VOOS

Tão finas eram as pernas que pareciam quebrar-se a cada movimento. Ela caminhava, flutuando. Os pés pequenos temiam o chão. Gastava horas para cumprir uma distância de minutos. Na verdade, tinha pavor de andar.

Cada vez que a perna esquerda se erguia, deixando que a direita sustentasse todo o peso do corpo, ela tremia.

Depois, quando o pé direito se levantava para completar o movimento, suava, acreditando que o equilíbrio se romperia.

Correr? Ah! Jamais ousaria.

No entanto, era-lhe tão fácil voar. Voava com o rosto em lua, recolhendo brilhos. Tomava impulso, projetava o peito para a frente e planava. Os cabelos ao vento, como uma cauda. E ela ia, cometa abrindo espaços.

As pernas finas, magras e curtas encolhiam-se de encontro ao ventre e desapareciam no corpo de pássaro.

Algumas vezes, a gravidade a despertava, e nesses instantes, ela caía. Os braços recolhiam-se inertes, os cabelos voltavam a vestir a nuca redonda, e os olhos escondiam-se na miopia.

Ela se arrastava, enfrentando a fragilidade das pernas. Olhava as pedras, a grama, a areia, ameaças de queda. Erguer-se e equilibrar-se nas ossudas rótulas custava-lhe meses de repouso.

Nos tempos de imobilidade, costurava panos e tecia longas saias. Muitas. Prendia-as na cintura com cordões, véus para seu malformado corpo.

Para voar não precisava de saias. Roubavam-lhe os movimentos. Em pleno voo, desatava os nós, soltava os cordões e deixava as pernas nuas se confundirem com as nuvens. O corpo opaco ganhava reflexos, e os braços desenhavam figuras na cara da lua.

A CAMINHO DO MAR

Silenciosamente ela o seguia. Caminhava, pisando nas mesmas pedras que ele tocava. De tanto o seguir, já sabia quantos passos gastavam no trajeto. Conhecia os locais em que ele parava para respirar, as esquinas em que pacientemente acendia o cigarro. Ela o seguia mantendo uma distância confortável a ambos. Ele, que se sabia seguido, não violava o silêncio discreto que se interpunha entre eles. Um profundo respeito os conduzia. Jamais voltara o rosto para surpreendê-la. Ele a guiava pelos mesmos caminhos, todos os dias, e ela se deixava levar docemente, como se ignorasse o rumo que tomavam.

Estabeleceu-se um acordo tácito. Ele fingia que não se percebia sendo seguido, e ela fingia que não o seguia. Todos na aldeia respeitavam o cortejo das duas almas que caminhavam, sem jamais se falarem. Escondidos atrás das cortinas, nas portas entreabertas, nas pálpebras semicerradas, acompanhavam com cumplicidade o passeio daqueles corpos que não se ousavam tocar.

Ele não a via nunca, e ela só o via de costas. Mas se tornaram indispensáveis um ao outro. Com o passar do tempo, respeitando a lentidão dos músculos, ele começou a diminuir os passos e a prolongar os intervalos para que ela não o perdesse.

Ah, se ele pudesse ver as discretas rugas que no rosto dela se desenhavam... Ah, se ela pudesse ver os cinzentos fios que coloriam as têmporas dele...

Nos meses de inverno, ele saía de casa mais cedo para que o cair da noite não os surpreendesse caminhando. Nos dias mais quentes, retardavam a saída para que o cair da noite os acolhesse com perfumes.

De longe, obedecendo à distância que se criara entre eles, ela podia ver o colarinho puído a ocultar a nuca que se curvava lentamente e o chapéu de feltro desgastado pelo tempo. De longe, ele adivinhava o desgaste do xale que cobria os ombros e percebia pelo ruído dos passos que ela trocara os sapatos por um calçado mais cômodo.

Nos dias em que o vento noroeste soprava inclemente, ele sabia que era o perfume dela que o envolvia. E, nos dias livres da ventania, ela conseguia aspirar o rastro de fumo que ele exalava.

Como um cego, incapaz de olhá-la, ele passou a compor seus traços e a desenhar o corpo, registrando as mudanças que as estações traziam. Chegava a saber a cor do vestido que a cobria, dependendo do movimento das nuvens e da posição das folhas nas árvores.

E ela, que pouco o via, passou a adivinhar seus estados de humor e a disposição de saúde pela curva das costas, pelo tamanho dos passos e pela precisão das pegadas que ele deixava.

Numa tarde, como de costume, ele vestiu o sobretudo para defender-se do frio que se insinuava pelas frestas da porta e saiu. Todos na aldeia estranharam o silêncio que o acompanhava. Os passos solitários não repercutiam nas pedras, e o vento gelado estava vazio de odores. Todos o seguiam com os olhos perplexos, registrando a ausência. Ela não o seguia.

Como uma sombra que atravessa espaços, nesta tarde, ela se adiantou e diáfana passou a caminhar à sua frente. E ele a seguiu, sem resistir.

A CEGA

Os olhos vazados eram azuis, mar em dias de calmaria. O não olhar penetrava nos objetos, atravessando-os. Havia cumplicidade entre os gestos lentos e os passos incertos. Caminhava desviando das formas, respeitando o contorno dos seres vivos.

Podia-se jurar que ela, não os vendo, os desenhava mais amplos. Essa ideia se confirmou quando num entardecer de outono eu entrei em seu ateliê e pude ver as figuras diáfanas que ela pintara. As entidades pálidas pareciam romper o espaço bidimensional. Não fosse o terror que me possuiu, seria capaz de jurar que a brisa balançara os cabelos e que um perfume fugira dos braços esguios à espera do gesto que não se consumava.

Aquelas figuras estavam encantadas em telas azuis. Teriam nascido do imenso azul de seus olhos vazios? Estariam elas ali, imóveis, aguardando uma ordem de movimento capaz de libertá-las da rigidez das formas? Ou permaneciam quietas em respeito à criadora?

Só sei que ela, a cega, as tocava como se as visse, e elas lhe respondiam, iluminando-se, como se a sentissem.

CHÁ DA TARDE

Todas as tardes ela vestia o traje de renda cinza, calçava as luvas amarelecidas pelo tempo, prendia os cabelos grisalhos num coque, acendia um cigarro e aguardava o chá que era servido às cinco e meia pela criada uniformizada.

Obedecia aos rituais, como se a quebra de um detalhe pudesse romper a harmonia da tarde e dissipar as sombras que se prometiam no jardim de inverno. E eram elas que os traziam. Todas as tardes, pontualmente, ela se sentava para fumar e tomar chá, enquanto aguardava a chegada dos visitantes. Em silêncio, eles se sentavam à mesa e bebiam o chá. Ela os olhava com olhos meigos, acariciando os perfis gastos pelo tempo, assim como as suas luvas. Todos eles respeitavam o rigor do encontro, vestindo-se a caráter. Os homens com bigodes curtos e bengalas de madrepérola; as mulheres, elegantes de vestidos longos, revezavam-se durante a cerimônia do chá. Nos primeiros anos, ela ainda lembrava dos nomes, gostos, do som das vozes. Agora, trocava impressões e de vez em quando se confundia, misturando as histórias. Mas eles não consideravam tal desatenção. Compareciam da mesma forma, pontualmente. Quando a criada, atendendo ao chamado da sineta de prata, se aproximava para levar as xícaras, eles já tinham se retirado. Nada no ambiente denunciava os ilustres visitantes. Ela dirigia-se à janela e retinha os vultos, caminhando pelo jardim antes que a noite os levasse. Orgulhosamente, cerrava a porta e deslizava pelo corredor escuro, aguardando o chá do dia seguinte.

A COMPAIXÃO

Quando eu a vi pela primeira vez, o que mais me impressionou foram os enormes olhos negros e o espaço que ocupavam no rosto oval. Havia em seus traços uma estranha beleza. Os cabelos azulados combinavam com o tom acinzentado da pele, e eu seria capaz de jurar que no meio da testa brilhava um rubi, talvez?

Quando a revi, anos depois, descobri que a pedra eu a havia colocado em minha fantasia. Mas o equilíbrio dos traços não tinha sido quebrado pelo tempo, nem pelas rugas, nem mesmo pela tristeza do olhar.

Com a submissão que eu só encontrara nas mulheres de sua raça, ela ergueu a manga da túnica, e eu pude ver pequenas escamas que brotavam nos braços morenos. Pareciam minúsculas pétalas, gotas cristalizadas, conchas vindas não sei de qual oceano...

Ela me confessou que, a princípio, divertiu-se com as discretas escamações que surgiram nas pernas.

– Pareciam gotas de orvalho – disse-me ela com um fio de voz.

Mas, à medida que as escamas brilhantes começaram a desenhar tatuagens no corpo, ela se assustou.

Ninguém no povoado soube explicar o mistério. Não havia, na história do povo, nenhum registro semelhante. Nem caso de doença, de magia ou de milagre que justificasse o aparecimento de escamas na pele.

Com vergonha da pele tatuada, ela se afastou da aldeia. Em cada escama arrancada, surgiam outras mais brilhantes.

Nas noites enluaradas, ela se despia e se banhava no rio. Dizem que seu corpo brilhava tanto que ofuscava o brilho da lua. E ela sorria, tristemente.

Peregrinos que atravessavam a aldeia foram curados das chagas ao se banharem nas mesmas águas que ela. Aos poucos, as mulheres foram trazendo os filhos febris para que os salvasse. Ela arrancava as escamas da pele e colocava nas frontes ardentes, em pouco minutos a febre cedia.

Todos passaram a procurá-la para curar seus males. Contam que um jovem miserável ao procurá-la recebeu de suas mãos um punhado de escamas. No caminho de volta elas se transformaram em pérolas.

O que ninguém sabia é que cada escama arrancada fazia sua pele sangrar, como se fosse aberta por espinhos. Mesmo assim, continuava distribuindo escamas, como quem distribui sorrisos.

Quando voltei a vê-la, a fama se espalhara por todo o país, e sua foto dividia os altares com os santos nacionais. Mas a dor do mundo se banhava nos seus olhos negros e na pele brilhante. Ela me mostrou centenas de cicatrizes que marcavam as curas feitas.

NA ESTAÇÃO

Não havia ninguém na estação àquela hora.

O trem partira, devolvendo-a à madrugada. A névoa cobria os bancos e envolvia os trilhos. As poucas árvores expunham seus galhos retorcidos, imóveis. Ela era a única passageira.

A bagagem, abandonada na plataforma, assumia um volume que nunca tivera. Perdera o controle das horas. Só a escuridão, debruçada sobre o mundo, a guiava.

Não, não tinha medo, apesar do frio que subia pelas pernas, paralisando-as.

Sentia-se cansada da viagem. O abandono das formas a consolava. Tudo ao redor estava condenado ao sono. Menos ela que, desperta, tocava as pálpebras geladas e adivinhava ser longa a vigília.

Desejou gritar, mas reconheceu que nada lhe responderia. Estava só, e o momento, por mais infinito que lhe parecesse, lhe pertencia. Aquietou-se, envolveu as pernas, como um feto. Fechou os olhos. Lembrou-se das promessas feitas, da recepção prometida. Imaginou a estação repleta de gente, invadida por ruídos, em movimento. Sorriu apaziguada. A chegada fora discreta e silenciosa. Aguardaria pacientemente, até que alguém lembrasse e a recolhesse.

A TEMPESTADE

Os pescadores comentavam entre si e lamentavam não terem dado importância aos sinais do céu.

Antes do amanhecer, as aves migratórias desenharam círculos na linha do horizonte. Em sinfonia, grasnaram assustando os moradores despertos.

Em segundos, o firmamento tingiu-se de penas e elas partiram em direção ao sol. Apesar do alarido, ninguém lhes deu ouvidos, era mesmo tempo de migração.

Pesadas nuvens se formaram a leste, escurecendo o céu em pleno dia. Alguns pescadores reconheceram nelas indícios de tempestade. Mas as nuvens se desfizeram, desaparecendo no mar.

Durante a noite, um vento quente vindo da terra começou a soprar. Arrastou folhas, arrancou roupas dos varais, penetrando pelas janelas entreabertas.

Ninguém se assustou, era um vento quente do ventre da terra, próprio do verão.

Quando a madrugada já ia adiantada, ela despertou. Olhos secos de sono, viu, ouviu e sentiu a tempestade que se aproximava.

Correu, e as grossas gotas de chuva lavaram seu corpo. Relâmpagos acendiam-se e apagavam-se rasgando o negrume da noite. Um ruído ensurdecedor percorreu os ares. Então ela viu o mar.

Ele caminhava em direção à aldeia. Implacável. Seu dorso agigantado dobrava-se ao peso dos peixes e das algas. A espuma, boca devoradora, ia engolindo as pedras e a praia. O mar avançava destruindo as barcas atracadas. As luzes da aldeia acenderam-se, mas era tarde. O mar mastigava luzes, devorava casas, arrastava redes e corpos. O mar levava a lama que secara nas ruas, cuspindo destroços e almas.

Ela a tudo assistia, sem poder conter os trovões e os raios que explodiam dentro das veias. Num grito de dor, estendeu as mãos, ofertando-se. E o mar satisfeito serenou.

A DAMA DE JÚPITER

Há cento e cinquenta anos ela pisa no mesmo planeta com displicência. O corpo minúsculo conhece a mudança dos tempos. Infinitas vezes sua pele já se trocou, como a plumagem dos pássaros.

Caminha pelas ruas com todo cuidado, para desviar das almas perdidas que vagam em círculos. Com carinho, olha para os ferimentos abertos, as dores despidas.

Conhecera tempos de guerras, dividira tempos de fome, vivera febres e frios, mas nada se igualava às feridas das almas. Os olhos azuis derramavam-se sobre as chagas, escondiam as pústulas e cobriam as fraturas. Ela os envolvia na rósea energia de sua aura. E eles gemiam menos. Será que só ela os via? Perguntava-se, cansada de inútil enfermagem, enquanto se escondia no meio dos bosques para ver a seiva correndo no interior das árvores.

Fazia muito tempo que começara a ver o avesso do mundo. Não havia crime, paixão, pecado ou dor, por mais oculta que fosse, que lhe escapasse. Quanto mais fundo o esconderijo, mais nítido ela o via. Foi nessa época que as pessoas comuns passaram a evitá-la e que ela descobriu os sons da solidão.

Num domingo, enquanto caminhava apressada, a fugir das almas perdidas, ela os percebeu pela primeira vez. Não os via, mas os sabia presentes. Sentiu um perfume de almíscar, sândalo e alecrim que se espalhava pelos mornos ventos de maio. Seguiu-os enfeitiçada pelas partículas de luz que caíam dos véus. No meio da tarde, quando as névoas turvaram os olhos, é que ela pôde vê-los. Ninfas, duendes, faunos, gnomos, sílfides, centauros brincavam numa invisível comunhão. Assustada com a extrema beleza que escapava dos gestos, ela fugiu.

Os olhos azuis escureceram-se de pavor. Acostumada com as dores e as misérias do mundo, aquele espetáculo a enlouquecera.

A beleza agitava sinos, sombras, odores, e ela teve medo. Temia entrar na névoa e se diluir. Passou a acordar no meio das noites escuras, ouvindo o convite dos guizos, os risos, o farfalhar das sedas tão próximos ao coração. Acordava lívida. Nem peles, nem mantos, nem o fogo a aquecia. Permanecia trêmula. Um fio de vida fugia dos dedos e derramava-se como uma lágrima sobre a madeira ressecada do leito.

Deixou que os cílios crescessem, escondendo o azul das retinas. Vestiu os cabelos com um negro véu, cobrindo de viuvez o medo. Emudeceu a paixão por várias décadas. Passou anos e anos perdida em temor. Tentou envelhecer. Alimentou-se da carne quente dos animais que ela mesma abatia. Bebeu o vinho fermentado de uvas silvestres. Depois de tanto tempo de penitência, sentiu-se forte para despir o manto e cortar os cílios.

Olhou-se nas águas turvas da sórdida fonte e chorou:

– Estava ainda mais bela.

Entregou-se à trágica fatalidade e correu para os bosques. Sentou-se sob o milenar carvalho e esperou. Lembrou-se de amordaçar os lábios, com pudor, para evitar os gritos de prazer. Eles vieram em bandos, perfumados, leves e luminosos, e a levaram. Louca de alegria, ela os seguiu em paz.

MADALENA

Ela o viu, pela primeira vez, em sonho. Enrubesceu diante do olhar. Sentiu-se pequena e desnuda pela primeira vez. A humildade que ele refletia a despia.

Na noite seguinte, buscou-o com avidez. Ele não a visitou. Seguiram-se madrugadas atormentadas de ausência.

Ela passou a persegui-lo nos corpos opacos dos homens que a procuravam.

Ele despertara nela uma sede que a consumia. O alívio trazido pela embriaguez do vinho não mais a consolava. Descobriu-se faminta, e nem mesmo as tâmaras mais doces amenizavam o vazio que a habitava. Caminhava febril entre os aposentos, e nem as mais puras sedas a agasalhavam.

Descobriu-se só e se isolou.

Abdicou de todas as palavras e silenciou.

Com resignação, acreditando que só o sacrifício o devolveria, ela cerrou os olhos para o mundo e se penitenciou.

Jejuou e no jejum encontrou um perfume que o lembrava. Pelas mãos da criada, a mais fiel, saiu pelas ruas empoeiradas.

Numa busca tardia e sem remissão, ela percorreu o caminho que ele havia traçado. Entrou nos casebres humildes e lá identificou sua passagem; tocou nas peles refeitas pela esperança e nelas percebeu o milagre da cura; dividiu o pão com os famintos e sentiu em si a abundância.

Ela não o via, como o vira nos sonhos, mas em tudo sentia a sua presença. Ele a inundava de compreensão e dor.

Indigna de luz, ela o buscava apalpando as frestas que queimavam a pele órfã.

Exausta de perseguir o rastro dele, que se desfazia ao contato dos dedos, ela chorou.

E era tão verdadeiro o arrependimento que ele a recolheu ainda adormecida e a conduziu sem pudor.

A LENDA

Um escudo de lua vestia seu peito nu. O seio dourado deixava-se acariciar pelos ventos. Nos braços musculosos, as armas descansavam das lutas recentes. Na boca, o gosto do sangue misturava-se ao prazer da vitória. Ela galopava vencendo as adversidades, conquistando os prados e as campinas. O corpo esguio era apenas um prolongamento do animal domesticado por sua força.

Com orgulho, ela arrastava o manto de peles e a coroa de cobre, exercendo seu poder sobre a terra apaziguada.

Durante séculos sua tribo dominava aquele território, aprisionando as tribos invasoras. Ela, com o exército de amazonas, selecionava os prisioneiros, escolhendo os melhores reprodutores, antes de sacrificá-los.

Ela galopava em direção ao sol. E os raios cobriam o corpo, quase nu, de um tom dourado, como se estivesse coberto de ouro.

Os ferimentos das lutas sangravam, mas ela seguia confiante, as guerreiras a aguardavam, descansando ao redor das fogueiras acesas, bebendo o vinho da vitória.

Aproxima-se do acampamento e vê os cavalos tratados e recolhidos após a luta. Ao longe, sente o cheiro das carnes assadas e o brilho das fogueiras que iluminam a tarde finda.

Reconhece os mantos estendidos e as tendas armadas. O coração exulta de alegria. Limpa o suor que escorre pelo rosto e só então vê o reflexo da flecha que voa em direção ao seio mutilado. Agarra-se à crina do seu fiel animal e galopa atravessando as névoas que ameaçavam aprisioná-la. Antes que o metal dilacerasse as carnes, ela ainda pôde ver o brilho da aldeia incendiada e as bravas guerreiras seguindo acorrentadas pelo inimigo. Com a lucidez que antecede a morte, compreendeu que essa escravidão perduraria por muitas chuvas e colheitas. Num gesto de rebeldia, deu o último grito, enterrando a própria arma no seio livre.

SARA

Na pele marcada pelos ventos do deserto, ela exibia os anos de peregrinação e de exílio. O corpo, acostumado às mudanças das estações, mantinha-se ereto, apesar de o tempo se inclinar sobre ele, impondo registros. Os cabelos tingiram-se de branco, e no rosto travessias e estiagens alternavam-se, revelando antigas rotas.

O tempo inclemente possuíra o corpo e com avidez lhe consumira o frescor e as umidades.

No ventre vazio, as carnes flácidas se avolumavam, e nos braços longos, as carícias se esgotaram, sem permanência.

Sara olhava os seios murchos e lamentava a esterilidade que secara os veios mais profundos. Dos lábios cerrados não se ouviam lamentos, nem blasfêmias. Uma resignação a acolhia, e só no fundo da alma as lágrimas ainda brotavam com abundância, umedecendo os olhos baços. Sara sofria acalentando em sonhos o filho que não tivera.

Emprestara a escrava ao marido para que a maternidade se consumasse através dela. E, um dia, quando a esperança já se fizera tardia, o milagre aconteceu. Abraão a fecundara, e no oco do seu ventre um fruto crescia.

A anciã acariciava os seios inchados e, numa adolescência inesperadamente recuperada, ela caminhava lépida, exibindo a barriga prometida.

O RETRATO

O sol negava-se a se esconder atrás dos arcos da Plaza Mayor. O céu de primavera recortava os vultos, a recolher as sombras da tarde que morria.

E a noite não era mais do que uma simples ameaça, desafiando os casais que brindavam.

Na praça, uma euforia de começo de estação.

Ela bebia, louvando os ares de Espanha. Um raio de sol iluminava metade do seu rosto.

Havia uma estranha seriedade nos olhos, e a boca entreaberta expressava nostalgia. Em que pátios, em que ruas, em que cidade estaria ela passeando àquela hora?

Sozinha, sentada em frente ao sol que se punha, ela aguardava. Dir-se-ia que ouvia acordes distantes, de uma guitarra cigana. Os pés moviam-se desenhando nas pedras da praça um ritmo que só ela conhecia. Bebia, com elegância, o vinho rubro como a tarde que morria.

Aproximou-se dela, com cuidado, o artista com crayons e telas. Sentou-se próximo a ela, de um ângulo em que podia captar o perfil e seus movimentos. Sem consentimento, começou a retratá-la.

Os dedos moviam-se rapidamente como se temessem que a modelo se desfizesse. Os olhos do artista pousavam nela e a traziam para o papel. Fugiam do papel e voltavam ansiosos para ela.

Ela se deixou prender nos traços ágeis do pintor da praça.

Antes que a noite a cobrisse com véus e as luzes se acendessem, ele concluiu a obra. Havia satisfação nos olhos, quando, com reverência, ele lhe entregou a imagem aprisionada.

Ela olhou-se na folha refletida e sorriu cúmplice. Ele a desenhara não como ela era, mas como um dia seria.

NO ESPELHO

Era a segunda vez que saíamos juntas. Eu a olhava, mantendo a distância necessária. Acompanhava os movimentos e adivinhava o som da voz, filtrado pelos reflexos.

Olhava-a, atenta aos mínimos movimentos, e, curiosa, aprendendo as reações. Orgulhava-me dos olhares alheios que ela conquistava, como se me pertencessem.

Desde a primeira vez que a surpreendera sozinha, resolvera acompanhá-la discreta e fielmente. Divertia-me com a perplexidade, como se fora criatura minha. Sentia-me até capaz de amá-la. Teria sido por ela que eu esperara havia tanto tempo?

Pela porta entreaberta, roubei o vulto, acompanhando-o. Era tão bom tê-la só para mim por alguns segundos. E ela, na liberdade recém-conquistada, caminhava com displicência e alegria.

Tentei dirigi-la, como se fora personagem minha. Mas ela se rebelou, tomando um rumo não previsto. Como uma sombra passível e prisioneira, continuei seguindo-a, discretamente.

No início, ela ensaiou novos passos, temerosa. Aos poucos, via-a desafiar a gravidade e a admiração dos outros, como se nada mais importasse. Apressei-me para não trocar os passos e continuei, seguindo-a sem ser percebida.

Aquela estranha mulher que atravessava as salas, mergulhando nos espelhos, me impunha um novo ritmo, e eu a seguia, magnetizada.

Havia em seus gestos certa leviandade que não me agredia. Havia em seu rastro um perfume que eu adivinhava.

Divertia-me em segui-la cegamente. Um prazer novo me possuía. Ela me aprisionava, mas eu a tinha. Entre nós, uma cumplicidade se estabelecera. Sentei-me ao seu lado sobriamente, e, sem resistência, ela me acolheu nos braços. Juntas, assistimos ao desfile dos corpos que atravessávamos. De mãos dadas, rimos da invisibilidade que nos ocultava, assustando as pessoas que nos observavam, sem entender por que a visão se duplicava diante de nosso inofensivo passeio. Os espelhos cansados se turvaram, não ousando refletir nossa recente parceria.

REVOLUÇÃO SOLAR

Caía a tarde com rubros véus.

Sentada diante da porta, ela esperou. Ouviu os ruídos se despedindo da cidade. Acompanhou a invasão das sombras no vermelho derramado. A noite, com vultos e perfis, se precipitou. Ela continuou esperando. Havia na espera uma infinita paciência. Nem mesmo a mudança dos ventos, nem os clarões do dia, nem a profusão de tons trazidos pela manhã, nada lhe fez mover os olhos ou contrair os músculos da face. Ela esperava, como se toda a sua vida coubesse naquela espera.

Desde que a astróloga lera o seu mapa, anunciando a importante conjunção de planetas que lhe traria mudanças radicais, ela se preparou. Na desesperança, o encontro surpreendente dos astros alinhados significava alegria. Não havia muita precisão na descrição da astróloga, mas em seu coração a leitura se fez imediata: as mudanças prometidas indicavam a chegada da felicidade.

Passou a sonhar com o rosto. Desenhou nas paredes vazias o vulto pleno e, todas as tardes, ao terminar as tarefas rotineiras, ela se sentava, esperando-a. Chegou a ouvir o resfolegar dos cavalos e o roçar dos cascos nas pedras frias. Sorriu da própria ingenuidade, havia muito a felicidade abandonara as diligências e carruagens. Sentiu cheiro de ervas misturadas e imaginou que a felicidade, quando chegasse, a embriagaria com poções e perfumes. Experimentou todos os vestidos, sem saber qual a deixava mais bela. Depois, relaxou confiante de que a felicidade já a tinha escolhido, independentemente dos adereços. Não quis se aprofundar nos detalhes, nem adivinhar o rosto para que a surpresa não fosse traída. Ela bem que poderia disfarçar-se em fantasias, as mais comuns. Eram tão sutis os subterfúgios. Toda atenção era pouca. Não queria que o alinhamento dos astros a encontrasse desprevenida.

Ela continuou esperando. Os dias se sucederam rubros e latejantes. Os meses avançaram implacáveis, e os astros se desalinharam infinitas vezes. Mas ela permaneceu impassível à espera.

DEVOÇÃO

"Com Deus me deito, com Deus me levanto, com a Virgem Maria e o Divino Espírito Santo", repetia ela todas as manhãs, antes de abrir os olhos. Acreditava que rezando poderia afastar as sombras que teimavam em possuí-la, desde o amanhecer até a noite profunda. Emendava uma oração na outra para não pensar e não temer. Eram tão soturnos os caminhos do coração. Tão escuras as alamedas por onde o pensamento caminhava que nem todas as orações do mundo conseguiam protegê-la mais.

Tinha tanto medo...

Tinha medo dos vivos e das tentações que eles lhe impunham. Tinha medo dos mortos, das cobranças e ameaças. A vida com lascívia e luxúria a ameaçava. A morte com demônios e punições a infernizava.

Cultuava a castidade, a avareza e o jejum, como escudos capazes de defendê-la dos tormentos.

Invejava, no fundo da alma, a santidade e a devassidão: venerando uma e maldizendo a outra.

Como eram espessas as sombras e as ausências... tão dolorida a carne seca e estéril. Os olhos ávidos espiavam pelas janelas, tentando roubar um pouco das vidas vizinhas. A voz rouca de solidão sonhava com versos de amor que nunca ouviria.

E ela atravessava a vida, a atropelar desejos e sonhos, sem merecê-los. Nas noites de insônia, que eram frequentes, era tomada por febres e calafrios, delírios e rancores indefinidos. Zombava da vida e da escassez, esvaindo-se em longos períodos hemorrágicos.

No fim da noite, ela rezava, pedindo clemência por abrigar em seu seio tanta aridez.

CARTOMANTE

"Haverá um tempo, não muito distante, em que todas as dúvidas se tornarão certezas e as atribulações serão vistas como degraus de uma escada, rumo a um destino maior", falou a mulher de turbante, segurando minhas mãos nas suas. O baralho usado estava espalhado em cima da mesa, e eu a olhava no fundo dos olhos. Ela parecia não me ver. A voz rouca ocupava o minúsculo quarto em que nós estávamos e repercutia em meus ouvidos. Aquela voz não lhe pertencia, pensei eu, assustada. Provinha de regiões distantes, mas não daquele corpo sentado ali, na minha frente. E mesmo o jeito de falar não combinava com a figura grotesca. Ela lia em pergaminhos invisíveis aos meus olhos e os ia decifrando para mim.

Toda a minha vida, os meus insucessos, minhas dores e perdas desfilavam nos olhos da mulher, que não me via. Ela me descrevia passagens inteiras, recuperando detalhes de que eu já me esquecera. Ela invadia meu passado e o recriava à sua maneira. Quis protestar, mas ela não consentiu. Aquela mulher mergulhava na minha alma e voltava trazendo nas mãos de unhas pintadas algas e remorsos, conchas e traições. Tentei libertar-me das redes que me envolviam e vencer o medo. Queria deixá-la falando sozinha, mas minhas pernas não me obedeceram. Cada vez mais paralisada, eu acompanhava o mergulho mais profundo daquela mulher em meu passado. A curiosidade que me conduzira até ali se transformara em pavor.

– Pare, por favor – gritei-lhe. – Não avance mais!

Senti que os delicados véus que formavam minha memória se esgarçavam. Cortinas se abriam e eu passava a me ver voando solta no tempo e no espaço. Corpos sucessivos me cobriam, sucedendo-se como vestes antigas. Na velocidade da luz, eu navegava por lugares nunca vistos, ou não lembrados, e revia pessoas que reconhecia, amadas e odiadas por mim. Minhas mãos atravessavam os corpos e eles se desfaziam, como poeira cósmica, entre meus dedos.

Tudo o que eu via era tragado por uma espiral luminosa que me devolvia as imagens reproduzidas e ampliadas. Exausta, tentei reter algo de mim, mas também eu rodava no meio dos outros, acompanhando-os na colorida ciranda que os embalava. Toda a dor e a ansiedade se dissiparam.

Quando voltei à sala, a mulher de turbante me sorria. Ouvia o burburinho dos clientes através da cortina fechada. Ela guardou o baralho, apagou a luz do abajur que iluminava seu rosto e encerrou a consulta. Paguei-lhe o que me cobrava e, com espanto, pude ver em meus dedos minúsculos pedaços de pano que pareciam véus rasgados.

A RAINHA DOS VENTOS

Ela corria na companhia de vagalumes. Os músculos retesados desafiavam os ventos contrários. Ela corria combatendo ruídos e as folhas que atravessavam na sua frente.

Havia em seu corpo uma virilidade que a distinguia. Ela desafiava a noite com o vulto ágil. Quando passava, os seres da floresta, as salamandras, as ninfas, as sílfides interrompiam os afazeres para acompanhá-la. E ela, com pressa, não os via.

Há muitas luas eles planejavam a captura. Numa dessas noites escuras, eles pretendiam lançar redes de fios invisíveis e aprisioná-la.

Mas ela corria, alheia ao medo e às armadilhas. Fugia dos homens que algemaram os súditos, fugia das orbes de espíritos que a perseguiam em sonhos.

Correndo, ela libertava-se de todos os fantasmas, e o corpo, ao atingir a velocidade da luz, queimava todos os miasmas, purificando a alma de dores antigas.

Como um cometa luminoso, ela deixava um rastro de luz à sua passagem. Os mendigos e os marginais, quando a viam, benziam-se, acreditando ter visto um anjo e penitenciavam-se temendo a própria morte.

O único repouso que conhecia era quando o corpo exausto se entregava à volúpia dos ventos. As lágrimas represadas em séculos de sombras corriam pelo rosto, e ela as bebia, com sofreguidão, matando a própria sede. Não, nem as salamandras, nem mesmo as fadas com todo o encanto conseguiriam retê-la com as teias mágicas. Ela corria protegida por uma corte de anjos, que com espadas rompiam os fios invisíveis, liberando os caminhos para a sua passagem.

A TAPEÇARIA

Os fios de seda corriam entre os dedos. Ela cerzia, refazendo os tecidos, recompondo os desenhos desfeitos pelo tempo.

Os olhos miúdos comprimiam-se, mergulhando na trama dos panos, resgatando o traçado original dos fios.

Quando o rei lhe enviara a antiga tapeçaria para que ela a salvasse dos estragos provocados pela umidade do castelo, ela, com olhos costureiros, assustou-se.

Seria possível recuperar com a delicadeza os rasgos e as marcas que longos séculos haviam imprimido na seda dos corpos?

Ela estendeu a tapeçaria sobre o chão de pedra e deitou-se sobre ela, com piedade. Ainda haveria vida naqueles personagens? O corpo velho e alquebrado emprestou-lhes calor e esperança. A partir daquela tarde de outono, começou a resgatá-los. Retirou as manchas de sangue, limpou as nódoas de vinho. Acariciou os rostos empalidecidos, colorindo-os com fios róseos. A imensa tapeçaria que vestia as paredes do salão de banquetes trazia, além das marcas do tempo, histórias de traições e intempéries. Havia perfurações feitas com espadas, havia queimaduras provocadas pelas tochas, esgarçamento dos tecidos criados pela ira dos escravos.

A mulher tocou naquelas imagens aprisionadas na seda e, cheia de piedade, chorou. Eram tão sinceras as lágrimas, havia tanta compaixão nos seus olhos, que, onde elas caíam, o tecido ia se refazendo naturalmente. Só que havia danos tão profundos que nem mesmo as lágrimas eram capazes de consertar.

Com a paciência própria dos que fiam, ela começou a tecer sobre os desenhos desfeitos um novo desenho. Iluminou os rostos com tons mais claros, intensificou o verde das árvores, tingiu de mais azul os céus e devolveu a cada ser novas vestes, desenhando em cada face uma promessa de sorriso.

Foram necessários muitos séculos de trabalho ininterrupto.

As estações partiam, os reis morriam, as guerras se sucediam, e ela continuou tecendo a tapeçaria com fios de seda luminosos.

OS OVOS DE ARANHA

Sentada no porão, a menina agarrava a velha boneca de encontro ao peito. Ninava-a, envolvendo-a nos cabelos longos e claros. Com a voz trêmula, ela cantava cantigas para afastar os medos. Conversava em voz alta com o brinquedo insone, como se pudesse afugentar os fantasmas e a solidão.

Era ali, naquele reino escuro e silencioso, que ela montava as armadilhas. Construía alçapões invisíveis para aprisionar os monstros que a ameaçavam com lanças e escudos. Fabricava as armas infantis, invadindo ninhos de aranhas para sequestrar os ovos e espalhá-los sobre o seu leito de donzela. Eram tantos os perigos que a cercavam e tão ocultos os inimigos que a espreitavam com disfarces.

Mas lá, no porão mobiliado por objetos inúteis e dividido com insetos, ela criava exércitos e mobilizava os lanceiros para defendê-la dos ataques noturnos.

No fim da tarde, quando as sombras se deitavam sobre os corredores e os adultos voltavam do trabalho povoando a casa com passos e ameaças, ela corria e trancava-se no quarto. Nas pequenas mãos duas granadas brancas: ovos de aranha, colhidos em seu reino, prontas para explodirem contra aqueles que ousassem violar seu corpo.

EM FAMÍLIA

Ela olhou para a família reunida em volta da mesa e exclamou:
– Graças a Deus!
Começou a retirar os pratos e deixou que o ruído dos talheres e das louças se propagasse, enchendo a sala.
Sorriu, de uma forma que desafiava a compreensão de todos, e saiu.
Ela não teve tempo de avisá-los. A grande onda de silêncio se debruçou sobre ela, abraçando-a. E era tão urgente a necessidade de mergulhar naquele universo sem sons que nem pôde se despedir.
Sem maiores explicações, ela emudeceu.
Perplexos com a novidade que penetrara na casa sem ser convidada, eles começaram a reagir. Mas não adiantaram as súplicas, as ameaças, as rezas, as promessas. Nada a fazia abandonar o círculo silencioso onde passou a repousar. Com o passar do tempo, além dos lábios terem se cerrado, rejeitando as palavras, todo o organismo passou a se movimentar submerso no grande vazio.

Alheia aos pedidos, impassível diante das agressões, ela deslizava pelos quartos, arrumando as camas, tirando o pó dos móveis, passando a roupa, sem que o corpo produzisse nenhum som.

A família acostumou-se com a presença silenciosa, respeitando-a.

Numa manhã, após varrer o quintal, colher as verduras na horta e estender as roupas lavadas no varal, ela se dirigiu silenciosamente para a cozinha. Fazia sol e os raios luminosos refletiam-se nas panelas limpas e areadas. Sentada em frente à janela, ela sorriu para as colunas de pó que fugiam pelas frestas de luz. Começou a preparar os legumes para o almoço quando a lâmina fina entrou em sua mão, rasgando-a num corte profundo. O sangue jorrou tingindo as cascas e manchando a toalha xadrez.

Ela sorriu, sem emitir um só gemido de dor. Cobriu o grande talho com sal. No rosto nenhuma expressão de pesar se desenhou. Indiferente ao fluxo sanguíneo que ia marcando o assoalho, ela continuou as tarefas rotineiras, acompanhando o ritmo silencioso dos passos. O silêncio a libertara de todas as associações com a dor.

A ESCRITORA

Escondida no meio dos livros, cheirando à poeira e mofo, ela vestia as asas lilases, untava o corpo com óleos aromáticos para que as letras dispersas não grudassem na pele e abria as venezianas do quarto escuro.

Ela sabia que a única redenção viria através do encontro imprevisível das letras, que a salvação estava guardada na união das palavras. Da página branca, em poucos segundos, surgiam cidades, cresciam campos, corpos tomavam formas, ares se enchiam de sopros, noites e dias se sucediam, e o tempo girava veloz obedecendo às flautas doces sopradas por seus lábios.

Soberana absoluta, reinando sobre charcos e pântanos, controlando a pressão atmosférica e provocando cataclismos, ela brincava só com os personagens silenciosos. Ao toque mágico, eles iniciavam a dança louca da vida. Ah, ela os seguia encantada com os gestos suaves, perfis delicados e a incomparável fluidez.

Como ansiava por reter os corpos sutis e guardar as vozes tão breves. Quando partiam, ela os seguia mergulhando no vazio das páginas em busca de companhia. Voltava com o corpo coberto de hematomas e dormente de frio. Olhava para a ponta dos dedos ágeis, acreditando encontrar neles digitais esquecidas.

Ela sabia que a única saída era afundar no oceano branco que se abria em sua frente. Emergia com os braços cobertos de algas, com as quais se alimentava por algum tempo. Trazia corais e conchas para cobrir a nudez oleosa. Os olhos vazios de estrelas fechavam-se serenados.

As folhas se acumulavam ao seu lado, e ela adormecia sobre elas, agasalhada.

NÚPCIAS

Vestiu a camisola de cambraia do enxoval. Alisou os cabelos, pintou os lábios de carmim e deitou-se. Dobrou as folhas de seda perfumadas e prendeu-as ao peito, rendando com um alfinete de ouro. Fechou os olhos e aguardou a eternidade.

"Vou te escrever as mais longas cartas de amor, jamais escritas, para serem lidas na eternidade.

Rolos e rolos de pergaminho prontos para atravessar os mares e vencer o tempo.

Vou te contar da perplexidade que me visita todas as manhãs, quando acordo e, com os olhos ainda sonolentos, descubro que o amor não é ilusão. É um sentimento que me toma, anima todas as coisas e movimenta o universo.

Quero falar da alegria que sinto quando tua presença começa a se formar diante dos meus olhos; eu te invoco e te trago para dentro de mim para que ocupes o meu dia.

Quero dividir contigo as porções de alimento que recolho pelo caminho e que dão sobrevida à minha alma. São frutos em oferta nas árvores, pássaros alheios à multidão, flores invisíveis que resgato, são instantes opacos que aprisiono para te entregar, algum dia.

Quero compartilhar contigo os mais insignificantes gestos, as palavras não proferidas, as intenções ocultas, os sonhos desperdiçados.

Quero que vejas o que eu vejo através do caleidoscópio, dos prismas, dos corpos, para que recriemos, juntos, o mundo.

Quero parar os ponteiros, congelar as horas e eternizar os momentos em que estás ao meu lado.

Vamos roubar da matéria cósmica uma porção ínfima que sirva de argamassa na construção da nossa casa. Todos os lagos, os rios, os oceanos quero navegá-los contigo, sem pressa, num passeio redondo em volta do globo, sem medo de ultrapassar as bordas, as margens e de cair nos polos.

Vou te enviar manuscritos, petições, poemas, relatórios, convocações, todas as formas que existem de pedir, implorar, rogar, exigir que permaneças ao meu lado para sempre."

BODAS DE PRATA

Fora um bebê perfeito, uma criança-prodígio, uma aluna aplicada, uma filha adorável, uma adolescente bem-comportada, uma esposa-modelo, uma mãe exemplar, e estava muito cansada.

A vida inteira tinha se esforçado para ser a melhor possível. Parece que tinha conseguido. Era tão previsível, tão correta, tão discreta, tão compreensiva, tão pontual, tão elegante, tão adequada. Todas as bocas só se abriam para elogiá-la. A vida corria célere em cima dos trilhos. Quanta harmonia! Não, não havia nenhum registro anterior de um gesto impensado! De uma palavra mais ríspida, de um descontrole ou de uma atitude inesperada. Ela nunca se excedera, e a vida lhe retribuía com gratidão.

Tinha o carro do ano; morava num condomínio planejado pelo arquiteto da moda; viajava nas férias com a família para as estações de esqui e veraneava nos balneários mais reservados. Nos fins de semana jantava sempre nos mesmos lugares, sem nunca esquecer de reservar a mesma mesa.

Descobriu que na vida era fundamental ter método e disciplina. E aprimorou-se.

Dentro de um mês, completaria bodas de prata e cinquenta anos, no mesmo dia, é claro.

Estava preparando uma grande festa. Uma recepção para cem convidados. Tudo já estava organizado, nenhum detalhe fora esquecido. Buffet, flores, convites, vestido, joias, música, tudo estaria perfeito, como sempre. Orgulhosa do seu desempenho, sentou-se no sofá da sala, diante da lista de convidados e começou a lê-la.

Ficou espantada. Não pode ser, exclamou, quase em pânico. Releu-a mais duas vezes.

– Como isso podia ter acontecido? – perguntou-se, querendo descobrir onde estava o erro, por onde tinha penetrado a falha que ameaçava derrubar seu castelo de cartas.

Ela não conhecia nenhum daqueles nomes, não reconhecia os convidados. Como ia comemorar o aniversário ao lado de estranhos?

Olhou a sala, para a imagem refletida no imenso espelho na sua frente e se apavorou. Também não se reconhecia. Quem era aquela mulher madura e insossa que lhe sorria de volta?

– Meu Deus! – gritou de forma nada exemplar.

A criada, que não estava acostumada com essas reações, prontamente a acudiu.

– Senhora, em que posso servi-la?

– Quem é você? – respondeu olhando pela primeira vez a empregada jovem e educada.

– A senhora me chamou? Precisa de alguma coisa?

– Preciso saber o que estou fazendo aqui.

– Ah, a senhora veio ver os últimos detalhes para a festa. O decorador já está chegando.

– Ah, é?

Sentiu uma vontade louca de riscar aquelas paredes brancas, de rasgar as almofadas, de derrubar todos os objetos que repousavam sobre a lareira. Uma desordem imperiosa nascia dentro dela, e era preciso colocá-la para fora. Começou a rir, como nunca tinha rido na vida, até provocar as lágrimas. Rindo e chorando, começou a rasgar a lista.

Descobria no ar da tarde uma leveza que nunca tinha experimentado.

MARESIA

Ela dobrou a esquina, e, depois da curva fechada à esquerda, surgiu majestoso: o mar. O verde ondulado abria-se como um campo diante dos olhos. Um cheiro salgado molhou a boca, e a pele foi tocada pelo úmido da tarde, impregnada de maresia. Ela sentia nos ares o gosto das algas, e nos cabelos, a fina areia se acomodava, sem permissão.

Com os pés descalços, ela permitiu que o mar a lavasse. A água colou a roupa de encontro ao corpo. Com sofreguidão, ela bebeu os goles salgados que escorriam pelo rosto. Numa carícia diluída em mil toques, o mar a enlaçava, e ela se deixava conduzir numa dança sem fim. De vez em quando, na troca de passos ousados, ela perdia o equilíbrio e caía em seu colo imenso. O mar a erguia, elevando-a nas ondas, e ela deixava que ele a guiasse até a praia. Ainda sem fôlego, abria os olhos ardidos de iodo e sal e o via desfazendo-se em densas nuvens de espuma.

O mar escondia-se nos prédios espelhados, corria pelos sórdidos viadutos, disfarçava-se atrás da multidão de veículos daquela cidade sem cheiros.

Em algumas manhãs de verão, quando o sol queimava todas as sombras, prateando os perfis de cimento, ela o via, espraiando-se absoluto sobre as avenidas.

O mar, ela o trazia guardado na memória da pele.

SÚPLICA

Eu caminhava pelo parque numa dessas ensolaradas manhãs de outono, pisando no tapete de folhas recém-caídas.

O sol, filtrado pelas poucas árvores, desenhava círculos no chão. Andar me ajudava a gastar o sentimento de solidão que há dias me dominava. Eu caminhava num mundo vazio de sons e de sombras. Observava ao longe os cachorros correndo soltos, libertos dos donos e das coleiras. Acompanhava a dança mágica das folhas, na vã tentativa de se erguerem do solo e fugirem dos passos que as ameaçavam.

As pessoas me atravessavam, vultos rápidos e difusos.

Eu nem a tinha visto. Percebi apenas um corpo cansado, coberto de pesadas vestes, vindo em minha direção. Mas, quando ela se aproximou, senti a força dos olhos cravando-se em minha alma. Paralisada, quis lhe estender as mãos, mas ela já seguia em frente. Não seria capaz de descrever o rosto, nem a cor dos cabelos cobertos pelo estranho chapéu. Mas os olhos me seguiam, como duas lanças espetadas em meu peito. Eu mal consegui prosseguir. Ela me lançara um pedido de socorro que gritava dentro de mim, sem encontrar saída. No dia seguinte, voltei ao mesmo local na esperança de encontrá-la. Caminhei durante muitas horas, em vão. Abandonei o parque e comecei a procurá-la nas ruas próximas, nas vielas, no jardim das pequenas casas, através das janelas fechadas. Perguntei às pessoas que passavam se haviam visto uma mulher de chapéu carregando a dor do mundo. Ninguém sabia dela. Interroguei os vigias do bairro, os guardas-noturnos, os vendedores, os varredores do parque. Ninguém a conhecia.

Voltei todos os dias, na esperança de encontrá-la uma vez mais. Queria dizer-lhe que recebera o pedido de socorro e que sua dor me cobria, como um manto. Queria dizer-lhe que estava ali, esperando-a para que, juntas, dividíssemos o tão velho sentimento de solidão que nos irmanara. Mas ela desaparecera.

Numa tarde, quando voltava do parque, uma dor aguda me atingiu. Cambaleei, apoiando-me na primeira árvore que vi e entendi que, naquele momento, a dor sangrenta se espalhara inundando seu coração. A veia mais frágil se rompera, e ela me fizera herdeira única da solidão.

CADEIRA DE BALANÇO

Eu me debruço sobre o tempo e percebo teu perfume disperso pelos ares. Teu riso alegre ocupa os desvãos de minha memória. Aos poucos, o corpo nebuloso se densifica e tu recuperas a posse de todos os teus movimentos. Eu presencio silenciosa a tua volta e me ajoelho a teus pés, como fazia quando criança. Meus dedos deslizam sobre a pele branca, enquanto eu acompanho o suave ritmo da cadeira que balança. A tarde nos surpreende, perdidas em nossa cumplicidade carinhosa.

Sons e vozes enrouquecidos pelo silêncio dos anos invadem a sala, e cheiros diluídos perfumam o ambiente que se ilumina com os últimos raios de luz.

Nós olhamos a cidade aquietada e procuramos, em vão, as aves migratórias. Elas partiram. Abandonaram a aridez dos prédios que se erguem impositivos em suas rotas, desprezando a harmonia reinante em nossas aldeias. Tu lamentas o desaparecimento das aves, não lastimas mais a ausência de asas. Percorres com liberdade os espaços e te banhas nas águas tépidas dos distantes mares.

Encolho-me em teu imenso colo que balança e repito nossas brincadeiras sem nexo:

– Carrapato não tem pai, nem mãe...

O tempo escorre entre nossos dedos embalado pelas ladainhas que repetimos, sem cessar.

Rimos tanto que as lágrimas saltam dos olhos. Antes que partas, peço-te que me deixes unguentos para aliviar minhas dores. Quero anotar as receitas que enchiam minha boca de prazeres e que me ensines fórmulas mágicas capazes de esconder as rugas e clarear a pele. Eu me agasalho em teus braços para que eles me protejam da velhice e dos desencantos.

Antes de que as luzes se acendam, definindo as sombras da sala, tu partes, deixando a cadeira de balanço entregue ao próprio abandono, minha avó.

SOBRE A DELICADEZA

Uma tardia primavera ocupava a cidade. Os azuis inundavam os dias de julho, e as poucas nuvens que cobriam os espaços eram dispersas por ventos mornos. Um calor inesperado despia os corpos das vestes habituais, trazendo de volta os pássaros e provocando a súbita floração de todas as árvores. O inverno, afugentado por um sol inclemente, recolhera-se tímido no fundo dos corações.

Eu voltava de uma longa ausência. Trazia a pele ávida de luz. A abundância de cores, de perfumes e de ruídos inundou minha alma. Dentro de mim despertavam as magnólias, voavam as andorinhas, gritavam grilos e cigarras, como se fosse verão.

Nas ruas febris, os girassóis, com suas longas hastes, abandonavam as barracas de flores e dançavam livres pelas calçadas douradas de sol. Saí pelas ruas carregando minhas sedes e sem me envergonhar de minhas fomes. A vida se ofertava com abundância. E eu queria ser saciada. Extasiada com tantas dádivas, guardei minha capa e meu guarda-chuva, sem necessidade de me proteger.

Antes que ela me visse, eu a vi. Estava de costas e ignorava a minha presença. Olhei-a curiosa, querendo adivinhar o rosto. Ela virou-se lentamente, tentando amenizar o impacto que sua presença provocaria em minha vida. Nós nos olhamos, e naquele instante senti que fios invisíveis amarrados em meus pulsos me aprisionavam àquela mulher desconhecida. Sem resistir, deixei-me levar. Ela me conduziu por caminhos que eu nem suspeitava que existissem. Alimentou-me com música e poesia e encheu-me de guloseimas. A cada dia, eu sentia que os fios de nylon que me prendiam a ela ficavam mais curtos.

Numa tarde, em que estávamos fartas de versos e de damascos, ela me tomou nos braços e, com toda a suavidade, desatou os nós que prendiam meus pulsos. A distância, entre nós, não mais existia.

O ASSALTANTE

Ela dormia um sono sem sobressaltos. Como adivinhar que mãos hábeis forçavam as portas?

Entregue ao tédio que a embalava, ela não pressentiu que ele desfazia as trancas e escancarava as janelas.

Com passos habituados a caminhar nos escuros, ele subiu as escadas, sem arranhar o sono dela.

Ele vasculhou os armários, abriu os cofres, roubou as joias. Banqueteou-se sentado à mesa da sala, onde saboreou a primeira refeição do dia.

Envolta na ignorância de quem nada teme e nada espera, ela continuou adormecida.

Saciada a sede e aplacada a fome, ele entrou em seu quarto e a viu, quase despida.

Eram tão descuidadas as fantasias que ela nunca se prevenia. Os cabelos espalhados sobre a cama, a perna dobrada de encontro ao ventre, o seio descoberto falavam de abandono.

Com delicadeza, ele deitou-se ao seu lado. Acariciou a pele úmida pelo calor do sono. Enlaçou-a, como quem abraça uma criança que dorme. Amou-a com a suavidade de um corpo ágil treinado em furtos.

Quando amanheceu, ele esgueirou-se por entre as cortinas, saltou os muros e fugiu.

Ela estranhou as marcas deixadas pelo chão. Assustou-se com a casa arrombada.

A CONFISSÃO

"Agora que os últimos véus se esgarçam e nenhuma possibilidade de reencontro nos ameaça mais, eu posso sentar-me diante de tua velha foto e confessar-te segredos guardados durante trinta anos.

Tua imagem retocada tantas vezes já se desfaz nos desvios da memória. Teu perfume, que eu julgava impregnado nas dobras de minha pele, se perdeu como os cheiros das frutas da infância.

Agora que os ecos se dispersaram pelos cômodos vazios e que todas as sombras não têm identidade, eu me confesso.

Sinto falta de tua ausência que me acompanhou em todos esses anos de desencantos. Recolho, com saudade, teu vulto esguio invadindo meus sonhos e desarrumando-os nas madrugadas frias.

Lembro-me de tua presença difusa percorrendo os quartos e inundando a casa de perfumes exóticos.

Nas noites de insônia, quando minha pele ressecada pelo tempo exigia o contato morno de outro corpo, eu te expulsava pelas janelas abertas, matando o desejo que te reclamava.

Durante todos esses anos, eu desenhei outras faces sobre tua face, tentando iludir-me, e bebi em muitas bocas o doce vinho experimentado em teus lábios.

Foram tantas décadas de negação e repúdio que me acostumei a lutar contigo diariamente. Tua falta passou a me fazer companhia. Tudo o que compartilhávamos, exaustos da luta, me ajudava a adormecer sem sustos.

Destruí todos os registros do percurso e, tentando apagar tuas marcas, eu te carreguei em meus ombros, todos os dias.

Agora que os medos silenciaram e que teu reflexo não mais se espelha em meus olhos, eu confesso que eu te amei, silenciosamente. E que esse sentimento ocupou os minutos vazios, durante trinta anos."

ACALANTO

Quando eu a tomei em meus braços, só um fio de sangue tingia o rosto pálido, fugindo do canto dos lábios entreabertos.
Ela me olhou sem me ver, e eu vi a vida escapando daquele corpo inerte.
Aproximei um pouco mais a cabeça de meu peito, estreitando-a, como se pudesse deter o movimento dos órgãos, já entregues a um profundo abandono.
Aquele corpo que se cerrava, recusando novas ofertas de vida, aquecia meu corpo dobrado pela dor.
Tomei as mãos dóceis, tentando agarrá-la pelos dedos por mais alguns segundos. Mas ela já partia, acenando um adeus tímido e silencioso.
Aproximei meus ouvidos da boca ainda úmida e imaginei ouvir os pulmões resistindo e contraindo-se na expulsão do ar.
Ela dormia em meus braços o mais profundo sono, e eu a velava, impotente.
A rigidez que se impunha aos músculos libertos tentava me contagiar. Eu me via incapaz de qualquer vontade ou reação.

Guardava aquele corpo branco que se azulava de ausência naquele fim de tarde, como se eu fora um berço.

Não sei por quanto tempo acalentei a presença amada. Despertei exausto. Estendi os braços doloridos pelo profundo repouso e toquei na grama úmida de orvalho. Toquei nos olhos cerrados pelo longo sono e percebi-os orvalhados por minhas lágrimas. Amanhecia. Eu ergui meu corpo pálido e frio, arrastando-o como um fardo.

TATUAGEM

Desenhei em tua pele os traçados mais delicados que um dia ousei criar. Cobri teu corpo de formas coloridas e, para não me perder, pintei mapas e tracei caminhos longos nos quais eu pudesse caminhar.

Habituei-me tanto a percorrer tua carne que ela se abriu em vales, planícies e florestas. Aprendi a descobrir-te. Escavando-te, vislumbrei grutas e esconderijos tantos, onde me escondi receoso da mudança das estações. Mergulhando em teus úmidos naveguei qual um náufrago até o limite de minhas forças.

Visitei os lugares, os mais recônditos, sem temor e sem extravio.

Mesmo quando os espaços se faziam escuros e sombrios, eu prosseguia confiante por penetrar num território já conquistado. Não havia para mim surpresas nem ameaças. Teu corpo se revelava a cada dia, e eu o redesenhava, cobrindo-o de ocasos e cordilheiras.

Por quanto tempo permaneci abrigado no calor tépido de tuas células, não sei mais.

Vivia eu alheio à fome e às tempestades que perturbavam os outros continentes.

Dormia farto de teus frutos e amanhecia repousado, repleto de teus cheiros.

Numa manhã de outono em que saí para caminhar, como fazia todas as manhãs, teu corpo fechou-se em escarpas, lançando-me no fundo de um precipício. Ainda tentei agarrar-me à vegetação rala das margens, mas a queda era inevitável. Tu me expulsaste, apagando meus rastros e destruindo os mapas que identificavam os caminhos.

TEMPOS ÍGNEOS

A velha sentada ao redor do fogo tecia com as fagulhas que saltavam das chamas. Os olhos ardiam, iluminados pelo brilho do fogo, enquanto as mãos manuseavam as brasas com doçura.

Em silêncio, sentei-me junto dela. Fiquei muito tempo observando o movimento mágico dos dedos. Eles recolhiam a terra úmida e, com a mistura de grãos e de húmus, tingiam o manto bordado com o fogo. O tempo retraiu-se diante da alquimia dos elementos que iam aderindo ao pano, como se fosse uma nova pele. Respeitando o silêncio que se impunha, eu me aquietei, esperando.

Com as mãos ainda sujas do barro e do fogo, ela tocou minhas mãos geladas e as aqueceu nas suas. Depois, contendo os arrepios, os relâmpagos e os trovões que o toque provocava em minha pele fria, me ordenou que eu descrevesse o que via no fundo dos seus olhos. Nos meus havia o medo do desconhecido. Uma força irresistível me obrigou a mergulhar. E eu vi a água brotando em veios. Vi lagos, cascatas, vi rios. Meus olhos mergulhavam nos líquidos que fluíam, e eu me sentia afogar.

Aos poucos ela dominou meu medo e ordenou que continuasse olhando no fundo dos seus olhos. Sem resistência, obedeci.

– E o que vês? – perguntou-me ela.

– Vejo a água se transformando em vapores, em nuvens, em chuva, em choro.

– E o que mais? Continua – suplicou ela, com um fio de voz.

– Vejo lágrimas de dor, acenos, seres partindo a galope. Vejo um cais deserto e as embarcações se distanciando.

– Prossegue – disse-me ela, num eco.

– Vejo a vida e vejo a morte, em ciclos se revezando. Vejo corpos unidos e embriões se formando. Vejo o universo pulsando como um coração jovem.

– Viste – respondeu-me ela – vestígios de muitas histórias. Viste o que querias ver e ouvir, mas são inúmeros os registros que trago. Histórias de entregas e abandonos, de amores e traições, de sonhos e desistências. Escreve a tua e grava-a neste velho manto, que eu ainda tenho o que fazer.

Vencido o medo, mergulha neste caldo espesso, em que só se trocam os corpos, mantendo o mesmo desejo de permanência. Busca, até a exaustão, o próprio reflexo, perdido nas dobras do tempo, na confusão dos perfis. Vai, escreve tua história, para que eu a borde no manto, enquanto meus dedos estão quentes e o fogo aceso.

ROMÃS

Quando ela roçou no braço da moça, sem a intenção do toque, todos os pelos do corpo despertaram. E quando a outra tocou-a nos lábios, sem a intenção do beijo, ela se descobriu ávida e febril. No encontro fugaz das peles pálidas não havia a intencionalidade da procura, mas a descoberta as deixou mais pálidas e perplexas. A cumplicidade as emudeceu.

O susto do prazer compartilhado, nos mínimos gestos, encheu-as de encantamento. E elas, inocentes da paixão que se engendrava, deixaram-se levar pela ousadia.

Uma liberdade incomum passou a conduzi-las; passeavam por alamedas iluminadas, mergulhando em labirintos desconhecidos. A cada dia, eram surpreendidas por descobertas que mais as irmanavam.

Presas em amoráveis armadilhas, elas se deixavam ir, exaustas de alegria.

O toque tímido que as despertara tornara-se voraz, enchendo-as de ausências e de agonia. Enfeitiçadas pela própria fome que produziam, uma seguia a outra, controlando os passos e as fantasias, com medo de se perderem de vista. Os olhos prisioneiros nada mais viam além de vultos pálidos que as seguiam.

Com o cuidado que até então não as ofendera, elas trancaram as portas, fecharam os vidros e desceram as cortinas para que os apelos do mundo não as despertassem. Ávidas de luz, elas se enlaçaram, não em busca do prazer que já as recolhera, mas da comunhão que as exigia.

SARÇA ARDENTE

A floresta ardia. Os velhos troncos de carvalho transformaram-se em imensas tochas vivas buscando os céus. Uma fumaça rubra cobria as nuvens, e o cheiro de eucalipto e orvalho umedecia os ares.

Passivamente, ela olhava para a mata ressecada e ardente. Um desejo incontrolável a atraía para o fogo, que se alastrava consumindo as árvores numa velocidade espantosa. Um vento forte soprava do sudoeste, espalhando as labaredas que corriam céleres, como pernas incandescentes.

Acostumada ao longo inverno branco, ela se sentia seduzida pelo calor das chamas. Os pés descalços pisavam com prazer na terra úmida. O solo aquecido pelo fogo transpirava, possuído pela dor e pelo gozo.

O suor escorria da terra numa mistura de gelo e lama e lavava os caminhos desertos. Os gemidos dos galhos uniam-se aos estalidos dos troncos, numa profusão de sons. Os pássaros assustados gritavam, voando em círculos. Os pequenos animais, ainda sonolentos, fugiam das chamas, enchendo os ares com seus apelos. O silêncio acalentado se rompia em projéteis luminosos, rasgando os céus. O único animal aquietado era ela. Nem o fogo, nem a lama que encobria seus tornozelos, nem os animais que subiam por suas pernas em busca de abrigo, nem as cinzas que se espalhavam nos redemoinhos tingindo os cabelos de espanto, nada a atemorizava. Nem mesmo as brasas que salpicavam as vestes, como gotas de chuva, provocando pequenas queimaduras em sua pele alva, a fizeram fugir do fogo que engolia a floresta com uma fome ancestral. Ela presenciou, extasiada, o banquete dos elementos em fúria devoradora.

Com sapatilhas de gelo a expor os dedos nus, ela começou a dançar, acompanhando a sinfonia orquestrada pelo fogo, pela mata, pelos bichos, pelo pavor.

Dançou até que o sangue escorresse das feridas e fosse bebido pela terra ardente.

Passadas a fome e a fúria, o fogo abrandou-se. A mata recolheu os escombros, planejando um renascimento, e os céus lavaram os vestígios da estranha cerimônia.

ASTROLÁBIO

Naquela noite, antes de deitar-se, ela abriu as janelas para facilitar a fuga da alma. Adormeceu como quem se entrega à morte e deixou-se levar para tão longe quanto exigiam os desejos.

Um vizinho atormentado pela insônia testemunhou, oculto nas sombras da madrugada, o voo livre daquela alma recém-liberta. Ele estranhou a presença daquele vulto claro e vacilante, buscando as correntes de ar. Sentiu-se emocionado com o aparente desequilíbrio daquele pássaro estranho a ensaiar pousos, e, de longe, rezou para que ela se desviasse dos fios de alta tensão e do perigo dos predadores noturnos. Mas uma súbita sonolência cobriu-lhe as pálpebras e interrompeu a cumplicidade.

No dia seguinte, quando os investigadores vieram reclamar do roubo da alma adormecida, ele lamentou o sono súbito que o traiu, impedindo que ele a acompanhasse por mais tempo.

No quarto desfeito não havia vestígios nem digitais que denunciassem qualquer violência. Isso deixou-os mais intrigados, a ponto de não perceberem a presença discreta do gato cinzento esquecido nas cobertas.

Talvez o felino pudesse lhes mostrar as tênues marcas feitas com esmalte no imenso mapa enrolado, indicando a posição das estrelas.

PARIS, 1897

A carruagem desliza sobre as pedras úmidas. Uma chuva fina cobre os telhados, envolvendo-os numa névoa densa. A tênue luz dos lampiões povoa os muros de vultos. A cidade recolhe-se ao silêncio e ao abandono. Àquela hora, alguns poucos bêbados arrastam-se pelas calçadas, buscando a cumplicidade das sombras.

Envolta na capa escura, ela desce da carruagem e procura os degraus que a levam até o rio. As mãos enluvadas agarram um objeto, que ela mantém afastado de seu corpo. É o repúdio que impõe a distância entre ela e o que carrega. Ansiosa, olha para os lados, temendo a presença de cúmplices. Nas margens do rio deposita os trapos ensanguentados. Há nos gestos a intenção primeira de lançá-los nas águas turvas que correm, mas algo a detém. Para e hesita. Com um carinho imprevisto, acomoda os panos sujos, protegendo-os da chuva. Um tremor percorre o corpo oculto, uma culpa inesperada se instala em seu peito. Soluça. A carruagem a aguarda, protegida na bruma. As castanheiras debruçam-se sobre o rio, agitando os braços que ela interpreta como uma súplica. Ela se volta. Olha uma vez mais para o objeto abandonado. Despe as luvas com delicadeza. Ajoelha-se nos degraus e desfaz o embrulho. No meio dos panos úmidos surge um rosto minúsculo. Um gemido se faz ouvir, seguido de um choro fraco de alguém que experimenta, pela primeira vez, o frio e o abandono. O incômodo provocado pela presença do ser indefeso a encoraja. Num gesto, do qual nunca se esquecerá até o fim de sua vida, ela agarra a criança, aperta-a de encontro ao seu corpo quente e sobe as escadas correndo. Esquece-se da carruagem que a aguarda, oculta sob as castanheiras, e corre fugindo dos temores.

A HERANÇA

As filhas vestidas de luto começam a separar as roupas da mãe. Tocam com carinho os vestidos puídos pelo tempo. Acariciam as presilhas e os pentes com os quais enfeitava os cabelos grisalhos.

Aspiram, já com saudade, a fragrância que imantou a pele nos últimos anos, o inconfundível cheiro de jasmim.

Todo o quarto ainda está impregnado da presença austera. As fotos, amareladas pelo tempo, não foram retiradas dos porta-retratos. Tudo permanece quase intacto e perfeito, não fosse o cheiro de flores murchas que vem da sala. Até a morte fora um exercício de discrição e sobriedade. Morreu dormindo, sem despedidas.

Agora inicia-se a dura tarefa de desmanchar a casa, de desfazer os armários repletos de lençóis de linho que ela orgulhosamente conservara do enxoval. Os sapatos, ao lado da cama, aguardam sua volta. O roupão atrás da porta ainda conserva as marcas deixadas pelo corpo. Na cômoda antiga, a escova de cabelo com o cabo de prata, o pente e o espelho redondo guardam as impressões digitais. Ali ela se arrumara pela última vez.

As filhas, tomadas pela dor, soluçam ao contato com cada objeto que lhe pertenceu.

É como se ela pudesse surgir, a qualquer momento, com passos cansados e a voz rouca.

Lentamente, elas começam a colocar as roupas nas malas para serem doadas. Vazias as gavetas, atrás dos casacos uma caixa de joias desponta, qual um tesouro escondido. As filhas se olham. Com timidez, a mais velha abre a caixa de madeira oculta no fundo do armário. Um colar de pérolas, um par de brincos, um bracelete e um broche. Joias desconhecidas que ela nunca usara em vida. As filhas, tomadas de espanto se questionam. No fundo da caixa, amarrado por uma fita rosa, um maço de cartas. Sentadas na cama, elas começam a lê-las. São cartas de amor escritas há mais de 50 anos. Nas cartas, a história de cada joia, a menção de datas e encontros. Cinquenta anos de juras perpétuas e proibidas. As últimas cartas, escritas há dez anos, foram manchadas por lágrimas. Nelas, o amante fala de separação e da doença que o está consumindo. Depois, o silêncio da morte anunciada. No diário, oculto pelas cartas, a letra desenhada e antiga da mãe. A confissão do grande amor que ela vivera secretamente durante toda a vida. A história de uma paixão que só a morte revelara. Com curiosidade e raiva, as filhas afastam a dor que as unia e perdem-se em conjecturas. Quem teria sido o amante de sua mãe? Nas cartas não há referências. Seria o médico da família, o padre, o sócio do pai, o vizinho da frente? Cada uma mergulha em lembranças, e nada que o revele. Mas ele está ali, presente nas joias e nas cartas. Confirmado no velho diário escondido. Elas conviveram com ele e nunca o viram. Com desconfiança, uma olha para outra e indaga: seríamos filhas dele? Não há respostas. Um bilhete com a letra trêmula indica que a mãe relera as cartas recentemente e acrescentara a epígrafe:

"Em breve, estaremos juntos para sempre".

PAPEL DE PAREDE

Ela lamentava os beijos de amor que nunca provaria. Tocava o corpo miúdo e feio, com pesar. Sabia que ninguém nunca o tocaria com prazer. No carinho contido por si mesma, olhava os dedos curtos e percebia o quanto a beleza e a graça a desprezaram.

Sem rancor, mas com nostalgia, ela ficava horas diante do espelho, tentando decifrar a imagem que se precipitava em sua direção. Opaca, retorcida, vesga. Saía dessas incursões sem se reconhecer, estranhando ainda mais as razões da existência.

Nela tudo era tão pequeno. Os traços tão econômicos, a voz inaudível, só era imensa a timidez que tolhia os movimentos. Ela vivia consciente do pouco espaço que ocupava no mundo. Acostumara-se a não ser vista, não ser notada, não ser atendida. Não fosse a garantia que lhe dava o espelho do armário que a ofendia, ela duvidaria da própria visibilidade. Por outro lado, essa transparência lhe oferecia uma total liberdade. Podia ir e vir sem ser percebida. Nunca ninguém a parava para pedir informações nem dividia com ela nenhum comentário, por mais frívolo que fosse. Divertia-se indo à feira e enterrando os dedos miúdos nas frutas maduras, sem que alguém a punisse por isso. Gastava todas as suas economias na compra de revistas coloridas.

No quarto escuro e úmido, nos fundos da casa alugada, ela vestia as paredes com páginas de revistas. Levava horas recortando as figuras, as mais belas paisagens, as mulheres mais lindas, os homens que nunca a veriam. Carinhosamente, como se os animasse uma estranha vida, ela os colocava lado a lado nas paredes nuas. E ela lhes sorria, colando com delicadeza as bordas das folhas para não manchar as imagens escolhidas. No mosaico de rostos, corpos e lugares, havia uma profunda harmonia. Ela os olhava com ternura e esquecia-se de si. Cultuava a beleza em seu exílio, com uma devoção religiosa.

O POEMA

A mulher coberta de andrajos tremia. Olhava apavorada para os rostos hostis que a cercavam. Nas mãos crispadas pelo ódio e pelo desprezo, reluziam as pedras mortais. Ela tremia sentindo a dor que se anunciava brutal. A pele saciada pelo prazer adivinhava os ferimentos, e grossas gotas de suor turvavam-lhe os olhos. Havia no círculo dos homens que a aprisionaram uma volúpia que a despia. Um desejo de vingança os irmanava, e eles disputavam com avidez os melhores lugares para melhor feri-la. Morte por apedrejamento era a sua sentença. Lembrar-se-ia ainda dos beijos ardentes que a condenaram? Teria a memória apagado as carícias roubadas do amor proibido? O arrependimento já tolhia os gestos, privando-a das poucas lembranças felizes?

A proximidade da morte a paralisava. Seguia os gestos contidos à espera do grito fatal. Sentia, ah, como ela sentia em todos os músculos, o dilaceramento da carne ainda jovem.

Com timidez, ergueu os olhos em busca das pedras que tardavam e o viu. Ele convidou a turba para que atirasse a primeira pedra, e um silêncio pesou sobre todos. Com a serenidade que envolve os santos e os loucos, alheio à fúria e ao rancor, ele sentou-se no chão da praça e começou a escrever. Os dedos longos acariciavam a areia quente, e ele escrevia. Aos poucos, todos se retiraram silenciosos e irados. Indefesos diante de tanta majestade. Ele a olhou cheio de misericórdia, libertou as mãos atadas para o sacrifício e convidou-a a ler o poema que escrevera. Falava-lhe da compaixão e da ternura, ensinando-lhe o perdão e a liberdade. Condenada à vida que lhe voltava subitamente, ela se prostrou... Não fora condenada, mas, pela primeira vez, envergonhava-se.

TERRA

Afastou os raios e organizou as nuvens, prevendo a tempestade. Com cautela, amassou os meteoros até que eles formassem uma imensa poeira cósmica.

Dos bolsos do velho avental dourado retirou cometas adormecidos, olhou-os com ternura antes de lançá-los ao universo. Esperou que todos os ventos atendessem aos chamados e ordenou-lhes que partissem juntos na nova missão. Cobriu os mares com longas vestes escuras, assustando os cardumes e os corais, surpreendidos com a súbita escuridão. E aguardou. Por um tempo infinito, ela esperou que uma súplica subisse até o reino e interrompesse o que estava predestinado. Desejou ardentemente que de algum canto distante uma prece lhe suplicasse misericórdia. Mas os ares gélidos não lhe trouxeram nenhum som, nenhum eco se fez ouvir entre os desfiladeiros cobertos de neve.

Então, como quem escolhe os grãos que serão triturados, ela olhou para os vales e as aldeias coloridas, lançando sobre eles sua fúria. Abriu as mãos, e os raios se lançaram em chamas sobre as cidades sonolentas. A poeira de chumbo arrasou as plantações e contaminou os rebanhos. As águas revoltas invadiram os campos, e os oceanos retorcidos de dor e escuridão romperam as amarras, devorando tudo o que encontravam.

Antes de vendar os olhos, ela observou os homens empunhando espadas, montando exércitos e bradando gritos de guerra. Não havia sinal de humildade nem de arrependimento em seus lábios.

Ela os olhou com piedade do alto de sua majestade e acompanhou a lenta agonia dos corpos sendo tragados pela terra árida. Vapores e chamas escureciam os céus do planeta, trazendo de volta a noite perpétua. Ela vendou os olhos com a gaze das estrelas e chorou diante da turbulência e da devastação. Em seus ouvidos ecoavam urros de revoltas e gestos de rebeldia, mas ela não registrou um só pedido de misericórdia que lhe permitisse interceder junto aos astros coléricos.

ÚLTIMOS PREPARATIVOS

Com os dedos trêmulos, ela girou a maçaneta da porta. Antes de entrar, olhou para trás, mais uma vez. Ah, quantas vezes ensaiara este gesto, sem concluí-lo... Quantas vezes ameaçara abrir aquela porta e o medo a tinha paralisado. Sabia desde sempre que seu gesto provocaria uma desordem irremediável. E, fiel à ordem, tinha-o adiado por todos aqueles anos. Conhecia os riscos e adivinhava os perigos, mas nada mais a detinha. Olhou pela última vez a disposição dos móveis, a cor das cortinas, as lâmpadas apagadas nos lustres de cristal, os espelhos cobertos e o pó que começava a se acumular nos objetos de estanho, como uma nuvem sombria. Espiou pelo corredor, escuro àquela hora do dia, e relembrou a organização das portas e a divisão dos cômodos. Toda a casa parecia envolta numa pacífica sonolência. Só ela lutava, desesperadamente, para manter-se desperta.

Voltou-se para verificar se as torneiras estavam bem fechadas. Sempre tivera pavor de inundações.

Pegou o guarda-chuva que descansava atrás da porta, como se fosse precisar dele, agarrando-o com a mão úmida. A penumbra da tarde já consumia todos os cantos. Também ela estava na sombra, pensou irônica.

Nenhuma palavra registraria seu abandono, nem um bilhete, um indício. Havia gasto todas as explicações nos ensaios repetidos durante os últimos anos. Pelas vidraças opacas sentia a força do vento e, apesar do frio que adivinhava, não se agasalhou.

Com uma firmeza que ainda desconhecia, bateu a porta e se trancou, para sempre.

CARTAS DE AMOR

"Haverá um dia em que, perdendo-te, não mais te perderei", escreveu o poeta à amada.

Os manuscritos amarelados pelo tempo foram encontrados por acaso. Da assinatura deixada no pé da página, só restava uma leve textura. Até a tinta desaparecera.

A moça pálida juntou as cartas, reuniu os rascunhos, guardou os papéis dispersos e os recolheu com ternura.

Na ponta dos dedos podia sentir a pulsação dos versos escritos com amor.

Na parede, um quadro antigo mostrava o retrato do poeta quando jovem.

"Haverá um dia em que, perdendo-te, não mais te perderei", repetiu a moça pálida, enquanto entrava no quarto em que ele vivera os últimos anos.

A alta cabeceira de madeira entalhada, a cama coberta com uma colcha branca, a cadeira ao lado da cama, a mesa diante da cadeira e só uma lâmpada a iluminar todo o cômodo. Tudo era tão austero e solitário. Fora ali que o poeta escrevera tantos versos de amor. Sentou-se diante da janela que se abria para a rua deserta e começou a ler os poemas...

"Haverá um dia em que, perdendo-te, não mais te perderei... (sua voz ecoou no quarto, rompendo o silêncio das paredes emudecidas pelo tempo) porque tu estarás impressa em todos os meus sentidos e eu te carregarei untada ao meu corpo, como um segundo corpo.

Haverá um dia em que surgirás nas minhas digitais exaustas do teu toque e teu rosto estará desenhado na memória, cada traço perpetuado em mim.

Haverá um dia em que tua voz colada aos meus ouvidos ressoará em todos os ecos, em todos os apelos e se fará presente, povoando os ruídos.

Haverá um dia em que tua pele tão abundante em mim caminhará comigo por todos os caminhos.

Então eu te dispensarei, sem dor, porque tu estarás aqui, plena e absoluta."

A quem teria o poeta amado com tanta entrega? Perguntava-se a moça pálida, com melancolia.

Lembrava-se vagamente da figura magra atravessando as ruas. Ela só o vira de longe, poucas vezes. Agora a vida o devolvia através dos poemas.

Sentia inveja da musa que o inspirara, das noites insones que ele vivera em sua homenagem.

"No meio das noites mais frias acordo e é tua a imagem que eu busco, para certificar-me de que existes.

Olho-te com devoção, como jamais me olharei um dia."

Uma súbita intimidade os aproxima. E ela procura recuperar a imagem da amada descrita pelo poeta.

Deita-se em sua cama e ouve os versos de amor escritos para a outra. Mas é a ela que ele se dirige agora, distante e inacessível. Com suavidade toca nos próprios braços, como se ele a acariciasse, cobrindo-a com ternura.

A amada perdida retorna ao quarto através do seu corpo. Com delicadeza, ela a recebe como o poeta o faria, e as duas, numa cumplicidade que só as amadas podem compartilhar, dividem os versos, invertendo os papéis, sendo ora o poeta, ora a amada quem fala.

A tarde cai, surpreendendo os três absortos no recital amoroso.

CAMINHO DE VOLTA

Eu vi quando o exército de anjos chegou em absoluto silêncio. Só o leve roçar de asas denunciava as brancas presenças. Não eram muitos e movimentavam-se lentamente. Sentinelas guardavam o espaço com espadas de luz. Dois seres azuis soltaram as algemas que lhe prendiam os pulsos, enquanto os outros iam quebrando as correntes que sustentavam seu corpo. Ele presenciou impassível a própria libertação. A tudo assistiu, sem lamentar. Nem um só gemido escapou de seus lábios. Os olhos cerrados estavam perdidos em suas órbitas, e um cansaço antigo dominava os músculos. Ele também não reagiu quando os anjos mais altos o ergueram do leito, nem reclamou quando dezenas de dedos ungiram-lhe a pele com óleos santos. Envolto em sedas, ele seguiu.

Eu descobri que nem milhares de sóis o trariam de volta. Nem luzes, nem ventos, nem vozes romperiam tão cedo a espessa camada de sonhos. A vida o embalava, e ele dormia. Entoei cânticos e salmos para atraí-lo. Vigiei todas as saídas. Tentei reter o corpo, cujo perfume eu ainda sentia. Tudo em vão. Não pude seguir o cortejo que o acompanhou. Eles eram leves e ágeis demais para as minhas forças. Atônita, como acontece àqueles que surpreendem os milagres, eu aguardei o dia que o sucedeu. Dois anjos retardatários e inexperientes, que haviam perdido o caminho de volta, fizeram-me companhia.

A TESTEMUNHA

A morte passou a rondar as noites, a espreitar os sonhos inconclusos.

Na languidez dos sentidos, ela sentia a presença intrusa, penetrando pelas venezianas semiabertas.

Como um amante ciumento, a morte a acalentava na ânsia de possuí-la.

Ela sentia-se seguida, espreitada, sem adivinhar quem a acompanhava.

Naquela tarde, saiu mais cedo. Teve vontade de caminhar pelas calçadas desertas, lavadas pelo temporal. Ia brincando nas poças de água, sem se importar com os pingos da chuva que escorriam por seu rosto.

De repente, viu-se presa num abraço, e uma voz nervosa lhe ordenou que não gritasse. Foi sendo arrastada como as folhas levadas pela correnteza.

Estavam trêmulas as mãos que apertavam seus braços, todo o seu corpo tremia. Ela não conseguia ver o rosto de quem a conduzia tão rápido, mas sentia seu hálito. Ouvia a respiração ofegante e o medo escapando pela ponta dos dedos que a prendiam.

No instante seguinte, ouviu um estouro. Um ruído seco explodindo em seus ouvidos e um líquido quente escorrendo em seu pescoço. As ruas, os carros, os prédios giraram a uma velocidade surpreendente. Saltou do carrossel desgovernado e caiu.

Sirenes, luzes, murmúrios a despertaram. Viu rostos e sombras de rostos multiplicados na penumbra da tarde. Mãos surgidas do nada a ergueram. Olhou ao redor e descobriu deitado ao seu lado um corpo inerte. Era um corpo jovem. No rosto lavado de sangue pairava um sorriso. Não havia registro de dor em sua expressão. Ele era só uma máscara vermelha desenhada na cara de menino. Parecia dormir profundamente, livre dos sonhos e dos assaltos.

Envolveu-a uma estranha comoção. Ajoelhou-se, tocando em seus cabelos úmidos de sangue e lama. Acariciou os lábios para certificar-se de que não mais respirava. Com as costas das mãos enxugou os pingos de chuva que escorriam da face, como lágrimas. Cheia de ternura e de misericórdia, ela o cobriu, agradecendo o seu sacrifício.

AFAGOS

Com as mãos trêmulas, ele abriu a carta que lhe era endereçada. A tinta preta desenhada no papel de seda inundou-lhe os olhos de escuridão. Com a palidez que a distância lhe conferia, começou a ler, em voz alta:

"Embora o meu amor tenha sido um fardo pesado que abandonaste no meio do caminho, para mim ele foi um par de asas que me deu a opção do voo. Embora meu amor tenha sido a prisão que te tolhia os movimentos e aprisionava tua alegria, para mim ele foi um mergulho nas águas profundas do prazer.

Ah, como eu lamentava a tua impossibilidade de senti-lo como eu o sentia.

Queria dividir contigo a visão das estrelas que se precipitavam céleres em meus olhos, mas tu não as vias. Olhavas-me, com incredulidade e enfado, rindo-te das minhas alucinações.

Ah, como eu ansiava por tomar tuas mãos e conduzir-te até a loucura que invadia meus sentidos de luzes e de ruídos, mas te negavas a acompanhar-me, já que nada ouvias.

Ah, como eu suplicava aos deuses ocultos que ungissem tua

fronte e te fizesse sentir o fervor e a agonia que me possuíam, mas tua descrença paralisava qualquer exercício de iniciação.

Quantas vezes decidi abandonar-te por me sentir tão abandonada. Quantas vezes retornei exausta diante da simples possibilidade de deixar-te.

Havia em mim uma voracidade infinita que só se saciava diante da tua presença, mas tu a ignoravas. Quanto maior o meu impulso de entrega, mais te recolhias em teu desalento.

E eu te aguardava, esperando o milagre da descoberta do amor que não te acontecia. Um profundo desencanto tocava minha alma ao perceber que nós dois vagávamos por universos tão desencontrados.

No meu desejo, eu ousava roubar-te da indiferença que te acompanhava, mas tu lutavas e me repelias, como um invasor indesejado.

Apesar da vivência do amor me ter machucado, abrindo caminho às lágrimas e noites de ausência, eu te afago. Tua lembrança distante é o meu acalanto. E, embora teu desaparecimento me corte como farpas, eu te transporto através dos tempos, cobrindo-te de beijos roubados."

BRINCADEIRAS

Um dia ela existiu, agora já não resistia aos amanheceres. Assim que acordava vestia a armadura e saía a guerrear com palavras e sentimentos. Arrastava os pés, como correntes, e vestia seu longo colar de tocos de lápis para anotar falas antes que se perdessem. Esquecia-se com frequência da realidade e se recolhia numa dimensão em que não importava que as coisas existissem ou não. Passeava pelos sonhos de olhos abertos. Inventava o passado e recriava o futuro. Brincava com o tempo de amarelinha, saltando casas. Às vezes, confundia-se e misturava tudo. Então ia pesquisar em seus manuscritos. Um longo pergaminho ocupava grande parte do pequeno cômodo, estendido como um tapete. Caminhava sobre ele, deixando no papel enrugado o registro leve dos seus pés. Dialogava com as sombras que invadiam sua vida, sem serem convidadas, entrando pelas persianas.

Acariciava as asas dos insetos que lhe faziam companhia. A vida lhe retribuía tanta delicadeza derramando em seus cabelos reflexos lilases. Ria-se muito. Ria-se dos medos que atravessam correndo as ruas, fugindo dos homens. Ria-se dos homens a procurar suas sombras em pleno meio-dia. Quando a tristeza do mundo se deitava nas pálpebras, ela chorava como uma criança, até aliviá-la. Depois dormiam de mãos dadas, um sono salpicado de soluços.

Quando o sol se despedia, sentava-se na varanda até vê-lo cair nos braços do mais escuro. Nessa hora, amanhecia. O corpo exibia vagalumes, as mãos voejavam libélulas. Toda ela se repartia em meninices. Jogava com o lusco-fusco no tabuleiro de damas. Brancas e pretas, as peças se enlaçavam, namorando. Pulava gentilmente do carrossel da varanda e ajardinava-se. Abria o corpete e de seu peito libertavam-se dezenas de borboletas coloridas.

FOMES ANCESTRAIS

Viu o perfil da montanha se aproximar. Percebeu que as nuvens se organizavam e que os ventos sopravam em círculos. Reconheceu os sinais. Sabia que o mundo estava encolhendo. Antes que as aves do galinheiro perdessem as penas, sacrificou-as. Lembrou-se da delicadeza das aranhas, do tecer paciente e advertiu-as. Esmagou o canteiro de margaridas para que não experimentassem o peso de outros corpos. Arrancou com os dentes os brotos teimosos que rasgavam a terra. Recolheu os grãos e salgou a carne para o tempo vindouro. Tantas eram as providências a tomar.

Recolheu os lençóis deitados nos varais. Vestiu os espelhos e os móveis com túnicas brancas para que não testemunhassem o desastre. Queimou manuscritos, documentos, registros e os poemas. Inúteis linguagens num mundo encolhido. Nem aves, nem plantas, nem sonhos, não queria dividir com ninguém o estreitamento dos vales. Quando o espaço se fizesse pequeno teria que selecionar o que colocaria nele.

A plantação de milho foi devastada. Os campos onde os

rebanhos pastavam desapareceram durante a madrugada. As manhãs devoraram acres de terra a fim de aplacar a fome do mundo. Era preciso ser parcimoniosa.

O perfil da montanha se avizinhou. Quase podia tocá-lo com as varas inúteis que um dia usara para pescar nos lagos desaparecidos. Passou a economizar os gestos, as palavras, os passos. Qualquer excesso ofendia o apetite da terra. Tentou ocultar-se nas sombras, na lembrança do que já havia desaparecido, a montanha a pressentia. Durante as noites, escurecia guardando no silêncio seu corpo ameaçado.

Quando o vermelho sangrou a tarde, a montanha esticou os verdes dedos e alcançou a casa. Sentada na palma de sua mão, ela sentiu a vertigem trazida pelas fontes ciumentamente ocultas nas matas.

LANTERNAS

Acendeu todas as luzes e esperou pacientemente que a noite caísse. Abriu as cortinas da alma e deixou que as sombras entrassem. Destravou as portas e escancarou as venezianas, como se fosse verão. Sobre a mesa, deitou a toalha de linho e, nela, os talheres de prata. Resgatou do esquecimento os cristais e a porcelana. Sobre a mudez do piano plantou flores recém-colhidas do jardim. Coloriu-se de espera. Recebeu dos braços do vento novas promessas e sorriu. Vestiu-se de uma alegria infantil. No espelho da sala, se viu refletida, existindo.

Alcançou a rua e a iluminou. Becos, ruelas, terrenos baldios foram invadidos pelo brilho. Estrelas cadentes mergulhavam do céu ao seu encontro. Vagalumes uniram-se à estranha comitiva.

CUMPLICIDADE

Ao acordar, nasci. Rompi a placenta de solidão e gritei. Arranquei com fúria o cordão umbilical com o qual tentara, inutilmente, enforcar-me. Olhei o mundo sem luzes que me recebia. Nem pais, nem irmãos, nem parteiras. Ninguém me assistia. Não era esperada.

Com o coração acelerado e pálido exclamei:

– Não doeu!

E me despi da escuridão.

Sem digitais, nem referências. Nenhuma lembrança me visitava. O tempo nascia em mim.

Tentei falar, as palavras revoltadas me evitaram.

Olhei pela janela, acontecia a manhã. Através dos vidros, cardumes de cavalos-marinhos me espreitavam. Corri a alcançá-los, eles se dissolveram entre as nuvens e ainda pude presenciar a fuga da noiva atrasada para as núpcias montada num bode de Chagall. Ela pousou brevemente no telhado e seguiu viagem.

Nenhuma perplexidade me tocava. Espreguicei-me, e num gesto mágico, minúsculos girassóis nasceram entre meus dedos.

O silêncio cantava para mim. Acalentada, vi quando o unicórnio cinza empurrou a porta e entrou. O pelo brilhava no olhar da manhã e no dorso ocultava uma aranha perdida em tecer. Minha primeira visita.

Aos poucos o quarto foi sendo hospedado. Borboletas recém-saídas do casulo, joaninhas tímidas, lagartixas incompletas, sapos plebeus. Seguidos por fadas envelhecidas, anjos engessados, magos aposentados.

O espanto se ria com a absurda naturalidade das coisas.

Sem ser anunciada ela chegou roubando a lógica das formas. Derramou em mim um sorriso compassivo. Com a cumplicidade dos outros, Loucura tomou-me a mão e me disse:

– Vem, não temas!

– Não temo! – respondi.

E a segui feliz.

POST SCRIPTUM

Perdi a noção do tempo. Dias e noites se sucedem sem que eu os alcance. Deito-me embriagado por tua ausência. Desperto entorpecido de saudade. Persigo-te nos ventos, estão vazios. Busco-te na noite que empalidece. A vida sem ti é um redemoinho, falta-lhe justificativa.

Vejo-te ainda pálida antes da maquiagem final. Devolvo-te os gestos, a voz, o jeito de balançar os cabelos e me inundo do teu perfume. Mesmo inerte, empresto movimento aos teus braços, e eles me enlaçam. A morte não te cabe, não te comporta. Escapas-lhe, diáfana, entre os dedos gélidos.

Ocultei-me entre os vivos que te pranteavam. Olhei-os enciumado da última ternura a te ofertarem. Dividir-te é inconcebível. Como esquartejar o afeto? Repartir cristãmente as migalhas de luz que ainda irradias? Impossível! Não se desmembra a alma, mesmo liberta. Ocultei-me, anônimo, para ainda uma vez, sequestrar-te. Tornei-te invisível aos alheios olhos para que não se vestissem de desejo por ti.

De algum canto, tua voz aprisionada gritava, exigindo a

liberdade tardia. Não, nunca mais encherias de vogais as paredes nuas, nem dispersarias as ondas de silêncio com teu timbre aveludado. Dormias? Tua imobilidade se alastrava pelas pregas dos tecidos, pelas cortinas feitas só de transparência e aquietava as velas em seu consumir.

O tempo se ria de nós. Zombava da minha inexperiência e da tua inútil eternidade. O tempo gargalhava. Enchia meus ouvidos com ironia. Ria-se da minha dor, como se fosse indecente.

Abandonei-te aos instantes gulosos e parti em busca de aragens. Precisava respirar? Meus pulmões afogavam-se no oceano do adeus. Tantos ritos, esperas, intervalos. Por que adiar o ardor da fome que já me consumia? Teu corpo ainda presente, não mais me alimentaria.

Abandonar-te à própria morte! É assim que se mata? Sem cortes, suturas, atestados? Como descobrir por onde ela se infiltrara se não a perseguirmos? Ela chegara e era fatal.

Nem ventosas, sangrias ou moxas a removeram. A morte arrendara o espaço e instalara sua tenda. Eu a via e a negava; absorto nos meus cálculos de longevidade. Eu a tocava, ignorando-a. Foi de mim, e não de ti, que ela roubou as palavras. Emudeceu-me de medo. Foi de mim que retirou os sonhos e o amanhecer. Eu nada dizia para te poupar. Paralisou-me a vontade de erguer muros de sílabas onde descansar. Cegou-me para que eu não descobrisse novos vocábulos, nem experimentasse outras arquiteturas.

Tua morte matou em mim o prazer de criar. Deixou-te inconclusa, tornei-me estéril. Depois de ti, todos os espaços ficaram brancos, as linhas infinitas, os relatos inúteis. Além de ti não há personagem possível. Juro que não fui eu quem te matou. Eu te emprestei à vida, e ela te devolveu enciumada ao magma da imaginação.

DESEXISTÊNCIA

Não queria mais esperar. Estava tão ansiosa para desexistir que deu a mão ao primeiro raio de sol, recolheu a nuvem mais infante e se aconchegou. Encerrou os olhos e foi-se encolhendo até caber no útero da terra. Libertou os braços de suas funções e deu autonomia aos pés para que corressem. Viu-os partirem velozes e, assim que dobraram a esquina, esqueceu-os. Esvaziou o coração de seus labirintos e permitiu que se entregasse às sonolências. Antes de virar semente, cuspiu no vento as palavras conhecidas para que brotassem em nenhum lugar. Foi deixando de ser. Desabotoou os botões da alegria e ficou a ouvir o riso contorcendo-se nos varais. Só então descansou. Despida de humanidades, tornou-se úmida. Mergulhou na fertilidade do chão e se agasalhou. Dormiu livre de presenças. Acordou renascida. Desta vez ia cuidar dos detalhes com esmero. Queria reexistir diferentemente. Ser um pouco bicho, um pouco planta, um pouco água, um pouco nada. Pegaria emprestada a inconsistência da matéria gasosa para se esvoaçar quando o pisar se fizesse rude. Não queria compromisso com definições. Invejava a plumagem dos pássaros, pois costuraria penas coloridas e asas poderosas. Mas não queria subtrair-se à liquidez, então se faria chuva para escorrer pela superfície do mundo.

Mas antes que se gastasse em tantos planejamentos, deixou-se quieta sem formatos, nem conteúdos. Afinal, desexistira para merecer a liberdade de ser qualquer coisa inexistente.

RÉQUIEM

Nada me falta. Nem as horas, nem a noite que tarda. Desfiei o sentimento da saudade em estreitos fios, quase invisíveis, e os enrolei. Um dia qualquer, quando me sobrar fôlego, teço com eles uma grande passadeira onde pisarei eternamente.

Nada me falta. Nem as horas, nem o dia que se esgarça em entardeceres. Não precisar me espanca com uma liberdade com a qual não estou acostumada. É como estar invisível, tocar sem ser tocada.

Não pertencer a nada, a lugar algum, me expatria da dor, devolve-me asas que recusei no ventre materno.

Faço cada madrugada plena de labirintos. Posso não ser tudo.

IR-SE

Para Dadá

Foi-se despindo pelo caminho. Arrancou das córneas todo vestígio de ternura. Limpou da pele o brilho da ilusão e, com displicência, desatou os nós de afagos guardados nos cabelos. Entregou ao vento o sal das lágrimas e apertou com mais força o espartilho que agasalhava o coração. Varreu dos lábios a doçura e o riso e entregou-se aos passos que a levariam para o longe. Seguiu em frente. Em nenhum momento olhou para o que ia deixando. Abriu as asas de penas polidas e pediu que a conduzissem. Soltou a alegria para que corresse nos campos. Esvaziou-se da dor e libertou as ausências que a preenchiam. Encobriu com vergonha os braços vazios e se deixou ir acarinhada pelo jejum. Não precisava mais de tempo para desperdícios. Economizaria lembranças até que se apagassem como antigas fotos. Todos os registros, trazia-os na alma. Gravados em pedra, litografias. Foi-se despindo, quase com alegria, dos retornos impossíveis, das curvas e dissimulações do andar. Em frente, era o seu destino. Linha reta a gastar-se no horizonte. Quando o sol se deitasse no seio da tarde, andaria pelas margens da noite até madrugar. E assim seria, moto contínuo, ininterrupto movimento, ainda que as vestes se rasgassem e os calçados se insurgissem deixando-a sem rumo. Gastar-se-ia em névoas até o dia em que manhãs e noites não mais se evitassem.

© 2019 por Miriam Portela
Todos os direitos desta edição reservados à
Laranja Original Editora e Produtora Ltda.

www.laranjaoriginal.com.br

Editor Filipe Moreau
Projeto gráfico Marcelo Girard
Produção executiva Gabriel Mayor
Revisão Bruna Lima
Diagramação IMG3

Dados Internacionais de Catalogação na Publicação (CIP)
(Câmara Brasileira do Livro, SP, Brasil)

Portela, Miriam
  Relato de corpos sutis / Miriam Portela ; gravuras
Maria Bonomi. – São Paulo : Laranja Original, 2019.

  ISBN 9788500000000

  1. Contos brasileiros I. Bonomi, Maria.
  II. Título.

19-27406   CDD-B869.3

Índices para catálogo sistemático:

1. Contos : Literatura brasileira   B8693

Cibele Maria Dias - Bibliotecária - CRB-8/9427

Laranja Original Editora e Produtora Ltda.
Rua Capote Valente, 1.198 - Pinheiros
São Paulo, SP - Brasil
CEP 05409-003
Tel. 11 3062-3040
contato@laranjaoriginal.com.br

Papel Pólen 90 g/m²
Impressão Forma Certa
Tiragem 200 exemplares